www.ingramcontent.com/pod-product-compliance
Lightning Source LLC
LaVergne TN
LVHW010844051026
849532LV00007B/2813
* 9 7 8 9 3 6 9 0 8 1 8 0 6 *

کاغذ کی راکھ

(افسانے)

محمد حامد سراج

Kaghaz ki raakh *(Short Stories)*

by: Mohammad Hamid Siraj

Edition: April '2025

Publisher :

Taemeer Publications LLC (Michigan, USA / Hyderabad, India)

ISBN 978-93-6908-180-6

9 789369 081806

کتاب	:	**کاغذ کی راکھ** (افسانے)
مصنف	:	**محمد حامد سراج**
صنف	:	فکشن
ناشر	:	تعمیر پبلی کیشنز (حیدرآباد، انڈیا)
سالِ اشاعت	:	۲۰۲۵ء
صفحات	:	۹۰
سرورق ڈیزائن	:	تعمیر ویب ڈیزائن

فہرست

☆☆☆

امام غزالی کا گم شدہ کردار

لڑائی طول پکڑتی گئی۔

دونوں کے دِل کی دیواریں نوکیلی کنکریوں کی آواز سے زخمی ہو چلی تھیں۔ اس کی آواز بلند تھی۔ گھر سے جانے کے بعد بھی اس کی سماعت پر بیوی کے تُرش رویے کے زخم تازہ تھے۔ یہ ایک بے جوڑ شادی تھی۔ دونوں کو یوں محسوس ہوتا تھا وہ گھر میں نہیں بلکہ ریلوے اسٹیشن کے ایک پرانے بینچ کے مخالف سروں پر بیٹھے ہیں۔ کئی برس گزرنے کے باوجود بینچ کے درمیان کا فاصلہ بتدریج سمٹنے کے بجائے پھیل رہا تھا۔ بیوی کے جانے کے بعد وہ بستر پر آلتی پالتی مارے بیٹھا ان کانچ کے گُل دانوں کی کرچیاں دیکھ رہا تھا جو اس کی بیوی نے قالین پر پٹخ مارے تھے۔ تہہ کیے

لحاف پر دو تین کتابیں بکھری تھیں۔ سائیڈ ٹیبل پر رکھے شیشے کے گلاس میں چند گھونٹ پانی تھا۔ سامنے دیوار پر بے آواز کلاک تھا اس کی اپنی سانس کی آواز اسے چبھ رہی تھی عجیب کسلمندی سی اس کے وجود میں رچی تھی۔ اس نے چاہا دو گھونٹ پانی حلق سے اُتار لے لیکن گلاس تک کا فاصلہ ریلوے بینچ کی مانند پھیل گیا۔ وہ سوچنا چاہتا تھا کوئی بات کوئی ایسا خوبصورت لمحہ جو اس کی تکان اُتار ڈالے لیکن مصروفیات کی خودرو جھاڑیوں میں اس کا ذہن اُلجھا ہوا تھا۔ اس نے سر سے مصروفیات اور مسائل کو جھٹکا اور گزرے ایام کا ایک واقعہ ذہن کے کینوس پر رنگ بھرنے لگا۔ اسے بہت سال کی مسافت ایک ثانیے میں طے کرنا پڑی لیکن مسافت کے اُس پار یادوں میں اتنی روشنی ضرور تھی کہ چند لمحوں کے لیے اس نے ماضی کی کھڑکی سے ان سارے منظروں کو پکڑنا چاہا جو اُسے رُلاتے اور ہنساتے تھے۔ اسے یاد آیا ایک واقعے نے اوائل عمر میں اس کی سوچ کے زاویے بدل دیے تھے۔

کیا کسی کا عملی کردار اس حد تک مؤثر ہو سکتا ہے کہ کسی کی قلوب کیفیات ہی بدل ڈالے۔

وہ کون تھا؟ میرے جیسا ایک اِنسان لیکن کتنا مختلف! میرے اندر طنطنہ تھا۔ رعونت سیخ پا ہو جانا اور وہ کتنا دھیما تھا متحمل اور بردبار۔۔۔! تخیل میں اس کی بیوی نے پھر جست بھری۔ اس کے اندر انتقام نے انگڑائی لی۔ اس نے لمبا سانس کھینچا۔ انگڑائی توڑ کے بستر سے اُٹھا پاؤں میں چپل اڑسے اور لان میں نکل آیا۔ چودھویں کا چاند جوبن پر تھا۔ فضا میں خنکی تھی۔ کندھوں پر اُس نے کالی شال ڈال رکھی تھی۔ دُور کہیں ریلوے لائن پر سے گزرتی ٹرین کی دھمک اور وِسل کی معدوم ہوتی ہوئی آواز اسے سنائی دی وہ ٹہلتا اور سوچتا رہا کہ کیا مجھے بیوی کو جا کے منالانا چاہیے جو میرا معمول ہے یا۔۔۔؟ ''یا'' کے بعد ایک بے انت خلا تھا۔ قصور تو اسی کا ہے۔ متمول خاندان کی رعونت نے اس کے منہ میں قینچی بھر دی ہے۔ شکر ہے آج میرا ہاتھ نہیں اُٹھ گیا لیکن صبر کی کوئی حد

کوئی سرا تو ہو۔ گھر میں کسی چیز کی کمی نہیں بجز ہم دونوں کے اتفاق اور محبت کی۔۔۔! یہ جنسِ نایاب کہیں بازار سے دستیاب ہوتی تو زیور، کپڑے، ہیروں کے نیکلس کی طرح خرید دیتا لیکن۔۔۔؟

اُس نے ایک بار ارادہ باندھا کہ اسے منالائے لیکن رات اس کے اندر تحلیل ہوگئی۔

کچھ دیر رُک گئی ہوتی۔ صبر کرلیا ہوتا تو معاملہ ٹھنڈا ہوجاتا لیکن وہ تو زلفیں جھٹکتی چھنگلی میں کار کی چابی گھماتی مجھے بیگانہ نظروں میں تولتی یہ جاوہ جا۔۔۔

اسے سردی کا احساس ہوا۔ وہ کمرے میں واپس آیا۔ لحاف پرسے کتابیں سمیٹ کر سائیڈ ٹیبل پر رکھیں۔ مطالعے کے لیے ایک کتاب کھولی لیکن چند اوراق پلٹ کر کتاب بند کر کے رکھ دی۔ اس کا من بے چین تھا۔ من بے چین ہو تو کسی کام میں جی نہیں لگتا۔ اسے پھر وہ ایک شخص یاد آیا جس نے اس کے من کی دنیا بدل ڈالی تھی وہ اپنے آپ سے اُلجھ پڑا آج کیا ہوا؟ میں نے پلٹ کر بیوی کو کیوں ڈانٹ پلادی۔ میں تو عادی ہی گھونٹ بھر جانے کا رہا ہوں۔ اس شخص کی تعلیم کا ماحصل ہی یہی تھا۔ خاموش عملی تعلیم وعظ نہ نصیحت، بس نمونہ مکمل نمونہ!

(۲)

ہوسٹل کی زندگی اسے یاد آئی۔۔۔!

چوتھائی صدی اس کے وجود کو چیر گئی۔ واقعات نسیان کی گرد میں اٹے پڑے تھے۔ اتنی گرد جھاڑنے کا وقت کہاں سے لایا جائے۔ وہ کھلنڈرا تھا۔ بات بے بات اُلجھ جانے والا اکھڑ، خودسر، ضدی، تُند خو، کوئی اسے پسند نہیں کرتا تھا لیکن وہ اپنے آپ کو بہت پسند کرتا تھا آئینے میں اس کے چہرے کی چمک اسے تسکین دیا کرتی تھی۔ دوسروں کو پامال کر دکھانے کی خودسری اُس کی سرشت میں رچی بسی تھی، لڑائی کا بہانہ تلاش کرلینا اس کا پسندیدہ مشغلہ تھا۔ عصر کے بعد ہوسٹل کے لان میں وہ ''گتکا'' چلانے کی پریکٹس کرتا تو گتکے کی لاٹھی اس کی دونوں ہتھیلیوں میں تیزی سے

گھومتی بدن کے اطراف میں سرسراتی یہ سرسراہٹ اسے بے خود کر دیتی۔

ایک روز وہ لاٹھی گھمار ہا تھا کہ وہ سرسراتی ہاتھوں سے پھسلتی ایک لڑکے کے سرسے جا ٹکرائی۔۔۔وہ سر پکڑ کے بیٹھ گیا۔۔۔

''اوئے تجھے اتنا قریب کھڑا ہونے کو کس نے کہا تھا۔۔۔''

یہ کہتا ہوا وہ لمبے لمبے ڈگ بھرتا اپنے کمرے کو چل دیا۔اس سے اُلجھنا کوئی بھی پسند نہیں کرتا تھا۔ چند روز پہلے ایک واقعے نے اس کی ایسی دھاک بٹھادی کہ ہر لڑکا اسے ماورائی مخلوق یا فلمی کردار سمجھنے لگا۔ ہوسٹل میں دھڑے بندیاں تھیں۔منافرت نے دو گروہوں کو ایک دوسرے کے مقابل لا کھڑا کیا۔جس علاقے سے وہ متعلق تھا وہ جنگجو کہلاتے تھے۔مخالف گروہ پوری تیاری کے ساتھ سہ پہر کے وقت ہوسٹل کے لان میں آبراجمان ہوا اور جن سے مناقشت تھی وہ کمروں میں مسلح بیٹھے پنجہ آزمائی کو تیار تھے۔یہ اس گروہ سے تھا جو کمروں میں مسلح حملے کو تیار بیٹھے تھے۔لان میں فریق مخالف کا ایک نوجوان جو گروہ کا سرغنہ تھا گہرا سانولا رنگ، بائیں کان میں بُندہ، کلائی میں کڑا لوہے کا اور اس نے پنڈلی کے ساتھ پستول باندھ رکھا تھا۔اس کی آنکھیں بنٹے کی مانند گول گول تھیں، مونچھیں اطراف سے اُٹھی ہوئی نوک دار اور ہاتھ میں لہراتا مضبوط چمڑے کا بید۔۔۔! سناٹا ایسا کہ ہول آتا تھا۔ جو لڑائی کا حصہ نہیں تھے وہ لڑکے چھپ کر خوف زدہ نظروں سے منظر دیکھ رہے تھے۔اچانک غیر متوقع طور پر وہ نمودار ہوا گتکے کے لٹھ کو گھماتا ''گتکا'' جس کے سرے پر اس نے دو دھاری خنجر باندھ رکھا تھا بے خوف لان میں داخل ہوا سیدھا چلتا سرغنے کے سامنے آیا۔ پوری طاقت سے لٹھ خنجر کی جانب سے زمین میں گاڑا۔۔۔اور گرج دار آواز نے سناٹا توڑا۔۔۔

''اوئے کھول پستول پنڈلی سے۔۔۔ میں تیرے سارے خاندان کو آج چیر دوں گا۔''

اس کی آنکھیں اُبلتی انگارے برساتی سرغنے کے وجود میں اُتر گئیں۔۔۔

''میں پستول کھول دوں تجھے۔۔۔میرا کاٹا تو پانی بھی نہیں مانگتا۔''

مدِمقابل کو سانپ سونگھ گیا۔۔۔

اتنے میں گولی چلنے کی آواز آئی اور مدمقابل کے سرغنہ نے دیکھا اس کے ساتھی بکھر اور بھاگ نکلے ہیں۔ وہ اُلٹے قدموں پلٹا اور چپ چاپ چلتا گیا اور نظروں سے اوجھل ہو گیا۔۔۔ لڑائی ٹل گئی تھی۔

لیکن لڑائی کبھی نہیں ٹلتی یہ ہر عہد میں چلتی رہتی ہے۔۔۔

اُس روز لڑائی ٹل گئی۔۔۔ وہ کمرے میں آکر لٹھ سے خنجر کھول رہا تھا کہ اسے خیال آیا۔۔۔گاؤں سے مہمان آنے والے ہیں۔اُن کی آؤ بھگت بھی کرنا ہے۔اس نے ہوسٹل کے وارڈن سے جا کر اضافی کھانے کی درخواست کی اور ٹہلتا ہوا ایک کمرے کے سامنے سے گزرتا رُک گیا۔۔۔! اسے خیال آیا دوستوں سے کیوں نہ ٹیپ ریکارڈر مانگ لوں وہ دستک دے کر کمرے میں داخل ہوا تین ساتھی بیٹھے چائے پی رہے تھے۔ اس نے اپنے قریبی دوست زین العابدین سے کہا۔۔۔

''یار۔۔۔زین۔۔۔مجھے ٹیپ ریکارڈر چاہیے۔''

''کل لے جانا یار۔۔۔آج ہم کچھ ریکارڈنگ کر رہے ہیں۔ٹیپ ریکارڈر فارغ نہیں۔''

''یار مجھے تو ابھی چاہیے تھا گاؤں سے چند دوست آنکلے ہیں۔۔۔''

''مجبوری ہے۔۔۔کل لے جانا۔''

انکار اور برداشت چوں کہ اس کے مزاج کا حصہ ہی نہیں تھے وہ کمرے سے نکلا تو سیڑھیاں اُترتے ہوئے غصہ اسے چڑھ چکا تھا۔ وہ اپنے آپ سے ہم کلام تھا یہ توہین ہے۔ میری، میرے منہ پر تھوکا ہے زین نے میں انتقام لوں گا وہ رات بھر غصے کے بخار میں مبتلا رہا۔ اگلی صبح

ایک لاٹھی اُٹھائے وہ زین کو تلاش کرتا پھر رہا تھا۔ زین ہوسٹل کے ایک کمرے میں دوستوں کے ساتھ بیٹھا خوش گپیوں میں مگن تھا۔ وہ کمرے میں داخل ہوا۔ لال انگارہ آنکھیں چہرے پر تناؤ۔۔۔! اس سے پہلے کہ کوئی سنبھلتا وہ افتاد کی مانند مغلظات سمیت زین پر ٹوٹ پڑا اس کی کمر پر تین چار لاٹھیاں کھینچ ماریں سب کچھ اتنا اچانک اور غیر متوقع تھا کہ سب ششدر رہ گئے۔۔۔

زین کی پشت پر لاٹھیاں اور سماعت پر مغلظات جس لمحے برسیں وہ آلتی پالتی مارے بیٹھا تھا اس نے ایک نظر مطیع الرحمن کی جانب دیکھا اپنی قوتِ برداشت کو بروئے کار لا کر اس نے دھیمے لہجے میں پوچھا:

''مطیع الرحمن۔۔۔خیریت۔۔۔؟ ہوش میں تو ہو۔۔۔؟''

''ہاں ہوش میں ہوں۔''

''تیرے میرے درمیان تو کوئی جھگڑا ہی نہیں ہے۔''

''ہے۔۔۔جھگڑا ہے۔۔۔کل تو نے مجھے ٹیپ ریکارڈر نہیں دیا اور انکار ہاں انکار میری برداشت سے باہر ہے۔۔۔!''

کمرے میں موجود زین کے دوستوں نے اپنے ہتھیاروں کی طرف ہاتھ بڑھائے لیکن زین نے ان کو ہاتھ کے اشارے سے روک دیا۔۔۔!

''نہیں۔۔۔بالکل نہیں۔۔۔اسے کچھ نہیں کہنا۔۔۔''

''لیکن تم ہمارے کمرے میں ہو، ہمارے مہمان۔۔۔ہم اس کی تکا بوٹی کر دیں گے۔''

''پاگلو۔۔۔انسانوں کی تکا بوٹی نہیں کرتے۔''

''مطیع الرحمن۔۔۔جتنی لاٹھیاں برسانے کو جی چاہے برسا لو۔۔۔ٹیپ ریکارڈر تو ٹیپ ریکارڈر تمہارے لیے جان بھی حاضر ہے تم بے سبب ناراض پھرتے ہو۔۔۔!''

کمرے میں سناٹا تھا گہرا سناٹا، اتھاہ خاموشی اور وہ بیٹھا تھا آلتی پالتی مارے بدھا کے انداز میں۔۔۔ مطیع الرحمن نے لاٹھی وہیں پھینکی اور اُلٹے قدموں واپس چلا گیا۔۔۔

(۳)

''زین۔۔۔ زین العابدین۔۔۔ تم نے مجھ پر پلٹ کر اس لمحے وار کیوں نہ کیا۔۔۔؟ مجھے بتاؤ تم نے میرا چین چھین لیا ہے۔'' مطیع الرحمن کی آنکھوں میں آنسو تھے اور سردیوں کی دھوپ زرد ہو چلی تھی۔ ''میں تم سے معافی مانگنا چاہتا ہوں لیکن تم اتنے عظیم اِنسان ہو مجھے تو معافی مانگنے کا بھی سلیقہ نہیں۔ تم نے مجھے معاف نہ کیا تو ضمیر کی سزا زیست کا مقدر ہو جائے گی۔''

''میں نے اُسی لمحے تمہیں معاف کر دیا تھا جب تم نے پہلی لاٹھی ماری تھی۔''

''یہ صبر و تحمل یہ بردباری تم نے کہاں سے پائی ہے تھوڑی سی میرے نام بھی کر دو۔۔۔ مجھے بھی جینے کا ڈھنگ آ جائے۔''

مطیع الرحمن۔۔۔ عبدالحمید عدم نے کہا تھا:

ع بڑی طویل کہانی ہے پھر کبھی اے دوست

''کبھی وقت نے مہلت دی تو کتابِ زیست کا کوئی ایک ورق تمہارے نام کر دوں گا کتابِ زیست جس میں ورق ورق کتابیں محفوظ ہیں، ہر کتاب میری دوست ہے اور دوستی کا بھرم رکھتی نبھاتی ہے۔''

''مجھے کہیں نہیں جانا۔۔۔ آج یہیں وقت کو میں تھامے رکھوں گا۔'' مطیع الرحمن نے کہا، اس کی آنکھوں میں آنسوؤں کی روشنی بھی تازہ تھی۔

''مطیع الرحمن۔۔۔ کس کس کتاب کا نام لوں؟ کتنے ہی عظیم لوگ زمین سے گزرے اور موجود ہیں جنہوں نے اس حیوانِ ناطق کو اشرف المخلوقات کے منصب تک پہنچانے میں رہنمائی کی

تم تو یہ جاننے کو بے چین ہو کہ صبر ہم نے کہاں سے پایا۔۔۔''

''مطیع الرحمن۔۔۔ میرے ذہن کی لائبریری میں جو کتابیں محفوظ ہیں ان میں ایک کتاب امام غزالی کی 'کیمیائے سعادت' بھی ہے۔۔۔ تحمل برد باری، برداشت، نرم خوئی ایسی عمدہ صفات اس کتاب سے نکل کر میرے من میں سما گئیں یہ وہی سلسلہ ہے انبیاء ورسل کا جس نے اِنسان کی رہنمائی کی امام غزالی کا فلسفہ بڑا گہرا ہے۔ اِنسانی جبلت پر بات کرتے ہوئے انہوں نے کہا ہے کہ ہر اِنسان کی جبلت میں چار خصلتیں پائی جاتی ہیں۔ شیطان، سور، کتا اور فرشتہ یہ ہر اِنسان کی جبلت کا حصہ ہیں بلا تفریق مذہب، رنگ و نسل۔۔۔!

ہر اِنسان کی جبلت میں غصے کا کتا موجود ہے۔ شہوانی سطح پر سور اور نفرت بغض حسد، کینہ انتقام اور غیبت ایسی برائیوں کا مجموعہ شیطان بھی اس کے نفس میں پنجے گاڑے بیٹھا ہے۔ انسان جب معاملات کے باب سے گزرتا ہے تو مثبت اور منفی قوتیں آپس میں بر سرِ پیکار ہوتی ہیں۔ ملکوتی صفت صبر تحمل، برد باری، خوش اخلاقی ملنساری، عفو و درگزر بھی حرکت میں آتی ہیں۔ معاملات کے اُلجھاؤ اور جھگڑے کے دوران اگر غصے کا کتا قابو میں نہ رہے تو جھگڑا طول پکڑتا ہے، اگر ہم اپنے نفس کے کتے کو قابو میں نہ رکھ پائیں تو مدِ مقابل کے اندر جو نفس میں کتا بیٹھا ہے وہ بھی غراتا ہے اور اگر وہ بھی رسہ تڑالے تو زمین پر قتل و غارت گری کا بازار گرم ہو جاتا ہے۔ جھگڑے کے دوران اگر ایک فریق اپنی ملکوتی صفت کو بروئے کار لے آئے صبر و تحمل برد بادی کا ثبوت دے تو فریق مخالف کے اندر موجود ملکوتی صفت جاگتی ہے اور کتے کو پیچھے دھکیل دیتی ہے اور فساد ٹل جاتا ہے۔ میں کمزور عاجز پُر تقصیر میری کیا اوقات، مجھے ملکوتی صفت کی توفیق اس لمحے عطا کی گئی جس لمحے تم نے حملہ کیا اور فساد کے بادل چھٹ گئے۔ مطیع الرحمن اچھی کتابیں مطالعے میں رکھا کرو۔ اِنسانوں کی تلاش میں رہا کرو۔ کتاب اور نیک اِنسان کی صحبت زمین پر سانس لینے میں آسانی پیدا کر دیتی ہے۔''

وقت کی ترتیب ، بے ترتیب ہے۔ زین العابدین کب واپس آیا۔۔۔ اسے اپنی بے ترتیبی کو مرتب کرنے میں مشقت کا سامنا کرنا پڑا۔ زیست لمحہ لمحہ اِنسان کو معاملات کی سولی پر چڑھائے رکھتی ہے۔

وہ سو رہا تھا۔۔۔

نہیں وہ جاگ رہا تھا۔

شاید درمیانی کیفیت تھی۔

ٹیلی فون کی گھنٹی پر ہڑبڑا کر اس نے ریسیور اُٹھایا۔

''ہیلو۔۔۔کون۔۔۔؟''

''میں ہوں۔۔۔تمہاری بیوی دروازہ کھولو۔''

''اتنی رات گئے تم۔۔۔؟'' دروازہ کھولتے ہی اس نے سوال کیا۔

''ہاں۔۔۔میں۔۔۔کیا یقین نہیں آرہا۔۔۔'' وہ بیڈروم میں داخل ہوتے ہی بولی۔

''کیسا انقلاب ہے یہ۔۔۔؟ مجھے تو صبح تمہیں منانے کے لیے آنا تھا۔''

''بس۔۔۔کیا کہوں۔۔۔آنکھ کھل گئی میری کہیں گہرے اندر سے آواز آئی، زیادتی ہمیشہ میری جانب سے ہوتی ہے۔ میں بلاسبب جھگڑ کر میکے کا رستہ پکڑ لیتی ہوں آج خیال آیا میرے گھر کا رستہ تو تمہارے دِل سے گزر کر رُوح تک جاتا ہے۔۔۔تم میری ہر زیادتی خندہ پیشانی سے برداشت کر لیتے ہو۔۔۔''

''کیا مجھ پر ترس کھا کے لوٹ آئی ہو۔۔۔؟'' زین نے بیڈ لیمپ آف کرتے ہوئے پوچھا۔

''نہیں۔۔۔تم پر پیار آ گیا۔۔۔!''

☆☆☆

ڈرائنگ رُوم اک گزرگاہ ہے

ایک روز شام ڈھلے میں ایک میڈیکل سٹور سے دوائی لے رہا تھا کہ موبائل پر Miss Call نے متوجہ کیا۔ نمبر دیکھا تو اجنبی تھا۔ رانگ نمبر معمول ہوں تو توجہ دینا عبث ٹھہرتا ہے۔ وقت کے ضیاع کے سوا کچھ ہاتھ نہیں آتا۔ پانچ منٹ بعد اُسی نمبر سے دوبارہ Miss Call آئی۔ تیسری Miss Call آدھ گھنٹے بعد پھر خاموشی چھا گئی۔

اگلے روز دوپہر میں اُسی نمبر سے ایک مختصر سا SMS رومن اُردو میں موصول ہوا۔

''کیا میں آپ کے ساتھ رابطے میں رہ سکتی ہوں۔۔۔؟''

''بغیر تعارف کے رابطے بے معنی ہوتے ہیں۔''

''میرا رابطہ بامعنی ہے۔''

''میں سمجھا نہیں۔ مجھے ثبوت چاہیے، تمہیں بات بھی کرنا ہوگی۔''

''سر۔۔۔! ثبوت تو پیش کر دیتی ہوں لیکن بات۔۔۔ سرِ دست ممکن نہیں۔''

''چلیے ثبوت SMS کیجئے۔''

''سر۔۔۔آپ کی تخلیق ''میّا'' نے میرا دُکھ بانٹا ہے۔ میرا جی چاہا میں آپ سے رابطے میں رہوں۔ SMS کرنے کی ہمت نہیں ہو پا رہی تھی۔''

اِس SMS کے بعد بہت سے دِن بیت گئے اور میں بھول گیا۔ زندگی کی ذمہ داریاں نبھانا بھی ایک مستقل نوعیت کا جاب ہے۔ قریباً مہینے بعد اس کا SMS آیا ''سر۔۔۔ سہ پہر کا وقت ہے۔ گہرے بادل چھائے ہیں۔ میں آنگن میں درخت کے نیچے بیٹھی سہ پہر کی چائے پی رہی ہوں۔ یہ میرا روزانہ کا معمول ہے۔ یہ ایسا وقت ہے جس میں مَیں اپنی تنہائی سے ہم کلام ہوتی ہوں۔ کیا آپ میری تنہائی بانٹیں گے؟ میں چائے کے کپ پر آپ کا انتظار کر رہی ہوں۔''

''یہ کہیے بات کرنا آپ کے لیے کیوں ممکن نہیں۔۔۔؟''

''سر۔۔۔ یہ کتھا SMS میں نہیں سما سکتی وقت نے مہلت دی تو دِل کا ورق آپ کو پڑھا دوں گی۔'' پھر وہ اکثر سہ پہر کی چائے کے دوران مختصر سا SMS کرتی۔ چائے کے ساتھ جو بھی لوازمات ہوتے بسکٹ، کیک، سموسے، کباب، سب تفصیل بیان کرتی۔ ''سر۔۔۔! آپ کو خبر ہے میرے سامنے ہمیشہ دو کپ رہتے ہیں۔''

''دو کپ کیوں۔۔۔؟''

''سر۔۔۔ یہ بھی طویل کہانی ہے۔ میرے من کے بنک میں دُکھ کا Credit دِن بہ دِن

بڑھتا جارہا ہے۔ کوئی تو ایسا آئے جو اسے کیش بھی کرائے۔ سر!۔۔۔ میں نے اپنے دُکھ اِسی طرح سنبھال کرر کھے ہوئے ہیں، جیسے الماری میں بچپن کے گڈیاں پٹولے مجھے بچپن لوٹا دیتے ہیں۔"

دِن روز ڈھل جاتا۔۔۔ عمر کا ایک حصہ کاٹ کر۔ مہینے میں دو تین SMS اس کا معمول تھے۔ بات کرنے کا موقع اسے میسر آیا نہ میں نے اصرار کیا۔ وہ ایک معمول کی سہ پہر تھی۔ اس نے Bell دی، پہلی گھنٹی، دوسری، تیسری میں نے کال اٹینڈ کرلی۔

"سر۔۔۔ سلام پیش کرتی ہوں، لمبی بات نہ ہو پائے گی۔ میں ایک ایسی حویلی کی مکین ہوں جس کی دیواریں آسمان کو چھوتی ہیں۔ یہاں سے عورتوں کے صرف جنازے نکلتے ہیں۔ جیتے جی اُن کی جھلک دیکھنا موت کی پکار پر لبیک کہنے کے مترادف ہے۔ سر۔۔۔ میں فون بند کرتی ہوں، پھر سہی اللہ حافظ اپنا خیال رکھیے گا۔"

"میں اکثر سوچتا وہ کیسی تنہائی جھیل رہی ہے۔ اسے کیا غم ہے؟ میرے ساتھ اس کا ایک بے معنی رابطہ ہے اس سے اُسے کیا حاصل۔۔۔؟"

ایک روز گفتگو کے دوران میں نے اُسے کہا۔

"یہ تمہارا Mobile Network بہت مہنگا ہے۔۔۔"

"سر۔۔۔ پیسہ دراصل ہمارا مسئلہ ہی نہیں ہے۔ میرے پانچ بھائی ہیں، ہر سال کار کا ماڈل بدل لیتے ہیں۔ دولت کی فراوانی ہے، بزنس کے سلسلے میں بھائی شہر سے باہر رہتے ہیں۔ آپ کہیں تو میں آپ کے موبائل نیٹ ورک پر Switch Over کرلیتی ہوں۔۔۔"

"نہیں۔۔۔ ضروری تو نہیں۔"

"سر۔۔۔ آپ کی خاطر طعنے بھی سہہ لیں گے۔"

''میں سمجھا نہیں۔۔۔!''

''سر۔۔۔ یہ جو موبائل نیٹ ورک ہے نا، یہ بھی Status Symbol ہو گیا ہے ہمارے پورے خاندان میں کسی کے پاس بھی آپ والے موبائل نیٹ ورک کی Sim نہیں جب میں Switch Over کروں گی تو سب کو اچنبھا ہوگا۔ کزنز قہقہے لگائیں گے۔۔۔ بے چاری غریب ہوگئی ہے۔۔۔کوئی کہے گا کنجوسی کی حد ہوتی ہے۔ وہ کسی ملاقات پر اپنے Network کی خوبیوں میں اتنے دلائل دیں گے۔ بلاّ گلاّ مچائیں گے کہ شور سے چھت اُڑ جائے گی۔۔۔ لیکن۔۔۔ سر۔۔۔کل سے میں آپ کے لیے Sim بدل لوں گی۔''

''پاگل نہ بنو۔۔۔ رہنے دو۔۔۔''

''نہیں سر۔۔۔'' دِل کی عدالت میں بیٹھا جج فیصلہ سنا کر سائیڈ روم میں جا چکا ہے اگلے روز اس نے نئی Sim سے مجھے کال کیا۔

''سر۔۔۔ آپ کا نمبر بھی Favourite کرالیا ہے۔ رات گیارہ بجے آپ سے تفصیلی بات کروں گی۔۔۔ آپ کے پاس وقت ہوگا۔۔۔ نا۔''

وقت کے ہی تو ہم اسیر ہیں۔

گرمیوں کی رات تھی آسمان پر ستاروں کے جھرمٹ ویسے ہی تھے جیسے بچپن میں دادی ماں سے کہانی سنتے سمے ہوا کرتے تھے۔ سات ستاروں کا جھرمٹ جسے دادی ماں ''ترنگڑ'' کا نام دیا کرتی تھیں۔ ''ترنگڑ'' جس میں بھوسہ ڈال کر اونٹوں پر ایک جگہ سے دوسری جگہ منتقل کیا جاتا ہے۔ ستارے جن سے پہلے زمانوں میں لوگ سمت نما کا کام لیتے اور راستے طے کرنے میں آسانی رہتی۔ میں اپنے بچپن سے محوِ کلام تھا کہ موبائل کی مخصوص آواز نے متوجہ کیا۔

''سر۔۔۔ آپ ٹھیک ہیں۔''

''اللہ کا کرم ہے۔''

''سر۔۔۔ایک بات کہوں۔۔۔؟''

''کہیے۔۔۔!''

''آپ اپنے طور پر مجھے Call یا SMS کیوں نہیں کرتے۔''

''اچھا نہیں لگتا۔''

''میں سمجھی نہیں۔۔۔''

''تمہارے ماحول کا تقاضا ہے کہ تمہاری تکریم کا خیال رکھا جائے۔''

''سر۔۔۔! میں اتنی اچھی نہیں ہوں، میرا اتنا خیال نہ رکھا کریں۔ میں کیسے کہوں ایک خیال رکھنے والا تھا، وہ خواب ہوا۔۔۔!''

''کون۔۔۔؟''

''سر۔۔۔وہ جو۔۔۔ میرا نہیں تھا۔ سہ پہر کی چائے پر اپنا ادھورا کپ چائے کا چھوڑ گیا۔۔۔ میری زندگی ادھوری رہ گئی۔ تب سے میری میز پر میری چائے کے ساتھ اس کا آدھا کپ بھی موجود رہتا ہے۔ میں نے کرسی بھی اُس جگہ سے نہیں اُٹھائی جہاں سے وہ اُٹھ کر گیا تھا مبادا کسی لمحے اچانک لوٹے اور کرسی آباد ہو جائے۔۔۔سر۔۔۔وہ میرا تھا، میرے وجود کی مہک اور۔۔۔اور۔۔۔!''

سسکیوں میں آواز کی تار ٹوٹ گئی۔

''سر۔۔۔کہا تھا۔۔۔ نا کہ ہماری حویلی کی دیواریں آسمان سے باتیں کرتی ہیں۔ ہم گھر سے نکلتی ہیں تو کار تک نوکر پُشت کیے چادریں تانے کھڑے ہوتے ہیں۔ ہم چادروں میں لپٹی کار میں بیٹھتی ہیں۔ کار کے شیشوں پر پردے لگے ہیں۔ فرنٹ اور بیک سیٹ کے درمیان بھی پردہ لگایا

گیا ہے تا کہ آئینے میں ڈرائیور عکس نہ دیکھ لے۔۔۔ سر۔۔۔ دم گھٹتا ہے میرا۔ لگتا ہے کسی اندھے کنویں میں قید کر دی گئی ہوں۔ یہ بھی کوئی زندگی ہوئی جس میں انسان اپنی مرضی سے سانس بھی نہ لے سکے۔ کالج لائف میں دو نوکرانیاں مسلسل نگرانی پر مامور رہیں۔۔۔ ناک اتنی اُونچی ہے کہ کوئی لڑکا میرے والدین کی نظر میں جچتا ہی نہیں اور وہ جو آدھا کپ چائے چھوڑ گیا تھا۔ اس کی جائیداد کم تھی۔''

''آدھے کپ والا گیا کہاں۔۔۔؟''

''سر۔۔۔ کہیں نہیں گیا، وہ جا بھی کہاں سکتا ہے میرے دل میں بیٹھا ہے۔ باتیں کرتا ہے ہنستا ہے، روتا ہے، ناراض ہوتا ہے، روٹھ جاتا ہے، منالیتی ہوں میں اُسے۔۔۔ کاش سر۔۔۔! جیسے اُسے میرے گھر سے نکالا گیا دِل سے بھی نکال دیا جاتا تو چین سے جی لیتی سر۔۔۔! یہ جو دِل کے مکین ہوتے ہیں یہ دِل کی ریاست سے کیوں نہیں نکلتے۔۔۔ سر۔۔۔! آپ میری باتوں سے اُکتا تو نہیں گئے۔۔۔؟''

اس کی آواز میں نمی تھی۔ میں اس کی گفتگو انہماک سے سن رہا تھا شاید وہ اپنی تنہائی کا صحرا پاٹنا چاہتی تھی۔

''سر۔۔۔ آپ چپ کیوں ہیں۔۔۔؟''

''تمہاری گفتگو کا تاگہ کہیں ٹوٹ نہ جائے۔۔۔ تم کہو، میں ہمہ تن گوش ہوں۔''

''سر۔۔۔! آپ نے آج تک مجھ سے میرا نام نہیں پوچھا۔''

''بے نام رشتے کو بے نام ہی سفر طے کرنے دو۔۔۔!''

''ہاں۔۔۔ سر!۔۔۔ میں کہہ رہی تھی۔ گھر کیا ہے؟ مغلیہ عہد کی حویلی ہے۔ باہر ڈیرے پر میلہ لگا رہتا ہے۔ میرے والد جاگیردار ہیں اور پیر بھی۔۔۔! بھائیوں کو سیاست کا چسکہ ہے۔

مجرا بھی معمول کی بات ہے۔ میری کُل کائنات میرا کمرہ ہے۔ کمرے میں ہلکا آسمانی پینٹ ہے، پردوں کا رنگ میچنگ ہے دیوار پر صادقین کی پینٹنگ کے ساتھ تاج محل کی ایک Oil Painting ہے جو ایک سہیلی نے تحفہ میں دی تھی۔ کلاسیکی موسیقی کی CD's ہیں، سامنے الماری میں پندرہ بیس انگریزی ناول اور اُردو فکشن جو میرا درد بانٹتے ہیں۔۔۔ سر میری ایک چھوٹی سی خواہش ہے۔۔۔''

''کہو۔۔۔!''

''آپ سے ایک ملاقات کی خواہش۔۔۔ صوبہ پنجاب میں ہوتی تو شاید آسان ہوتا لیکن سر!۔۔۔ کہاں آسان ہونا تھا، دیواریں، آسمان، بلندی، بندشیں، چھوڑیے سر!۔۔۔ کوئی خواہش نہیں پالنا اب مجھے۔۔۔ آدھا کپ چائے ہی کافی ہے۔''

باتیں کرتے کرتے وہ چپ ہوگئی، میں سمجھا کال کٹ گئی ہے۔۔۔

''ہیلو۔۔۔ ہیلو۔''

''جی۔۔۔ سر۔۔۔!''

''چپ کیوں اُتر آئی ہے۔۔۔؟''

''سر۔۔۔ میرے گاؤں کا رستہ کٹھن ہے۔ خواہش کا کیا ہے، منہ زور ہے زیادہ سے زیادہ پھاڑ کھائے گی نا۔۔۔ پہلے ہی وجود ادھورا ہے۔ آپ میرے شہر کا نام ذہن میں محفوظ کر لیجیے شاید کبھی وقت کی اینٹ سرک جائے اور ملاقات کا سامان نکل آئے۔ ایک بڑی شاہراہ سے گزرتے ہوئے آپ کو سائن بورڈ نظر آئے گا جس پر ہماری حویلی کا نام درج ہے۔ شاہراہ چھوڑ کر ذیلی سڑک پر ہو لیجیے گا چند کلومیٹر بعد گھنے درخت آپ کو خوش آمدید کہیں گے۔ کبھی زندگی میں ایک بار۔۔۔ سر۔۔۔ صرف ایک بار، میرے صوبے سے گزر ہو، گھنے درختوں میں حویلی کے اُونچے

برج ہیں۔ وہاں لوگوں کا تانتا بندھا ہوگا۔ مجھے ایک SMS کر دیجیے گا میرے لیے یہ خوشی بہت ہوگی کہ آپ ایک بار صرف میری خاطر یہاں آئے تھے۔"

وعدہ مشکل تھا۔

کال کٹ گئی۔

دِن پھر اپنے سفر پر نکل کھڑے ہوئے۔

سردیوں کی ایک دوپہر تھی۔

SMS۔۔۔ مختصر سا۔۔۔ سر۔۔۔ "آپ کے صوبے میں سانس لے رہی ہوں۔"

"کس شہر میں؟"

"لاہور۔۔۔"

"خیریت ہے؟"

"کزن کی شادی میں آئے ہیں۔ سر!۔۔۔ اللہ حافظ۔۔۔ رات میں SMS کروں گی

رات گزر گئی۔ رات میں موبائل Silent Mode پر ہوتا ہے۔ صبح اس کے تین SMS موجود تھے۔

"سر۔۔۔ رات کا کھانا فورٹریس اسٹیڈیم کے ایک ہوٹل میں کھایا۔ بہت اچھا لگا۔"

دوسرا SMS "سر۔۔۔ فورٹریس اسٹیڈیم کی سیر کے دوران میں ایک بک اسٹال پر رُکی آپ کا افسانوی مجموعہ "برائے فروخت" نظر آیا۔۔۔ سر کتنی خوشی ہوئی مت پوچھیے خرید لیا۔"

تیسرا SMS "رات میں سوئی نہیں۔ "برائے فروخت" مکمل پڑھ کے سوئی۔

(۲)

میرے موبائل میں اس کے چند SMS محفوظ ہیں جو میں نے Delete نہیں کیے۔۔۔

کیوں Delete نہیں کیے اس کا میرے پاس کوئی جواب نہیں۔ ایسا بھی ہوتا ہے، بہت سارے سوال ساری عمر لاینحل رہتے ہیں۔ میں SMS ترتیب دینے کی کوشش کرتا ہوں۔

''کسی کو پلکوں میں نہ بساؤ۔ پلکوں میں صرف سپنے بستے ہیں اگر بسانا ہے تو دِل میں بساؤ کیوں کہ دِل میں صرف اپنے بستے ہیں۔''

یوں راتوں کو نہ جاگو سولیا کرو
یوں دِل میں آنسو نہ روکو رولیا کرو

''سر!۔۔۔ کیسے ہیں۔ اُمید ہے ٹھیک ہوں گے کبھی کبھی تنہائی اور اُداسی کا کوئی علاج نہیں ہوتا

''پھر چاند کِھلا پھر رات ہوئی
پھر دِل نے کہا ہے تیری کمی
پھر یاد کے جھونکے مہک گئے
پھر پاگل ارماں بہک گئے
پھر گزرے لمحوں کی باتیں
پھر جاگی جاگی سی راتیں
پھر ٹھہر گئی پلکوں پہ نمی

پھر دِل نے کہا ہے تیری کمی۔۔۔ سر۔۔۔ خبر نہیں کس چیز کی کمی ہے سمجھ نہیں آتی۔۔۔ اپنا خیال رکھیے گا۔۔۔''

نہ ملتا نقدِ جاں دے کر بھی ہم کو
گراں تھا اس قدر سودا کہ ہم بازار چھوڑ آئے

کوئی آئینہ رکھ ایسا کہ خود بھی دکھائی دے جس میں
ضروری ہوتی ہے خود سے بھی ملاقات کبھی کبھی

حیرت تو یہ ہے کہ بخیہ گروں کے ہجوم میں
اک نامراد زخم ہے جو سِل نہیں رہا

موبائل OFF رکھنا میرے مزاج کا حصہ نہیں۔ جیسے شروع میں کہا کہ رات میں Silent Mode پر ہوتا ہے۔ ایک بار بخار کے دوران میں نے موبائل OFF کر کے رکھ دیا۔ جس روز موبائل ON کیا۔۔۔اس کا SMS اس کی تڑپ کی گواہی دے رہا تھا۔

''سر!۔۔۔Thats not fair میں بہت ڈر گئی تھی آپ کا نمبر
کیوں بند تھا۔ بہت ڈر لگا مجھے بس ایسا نہ کیا کریں۔OK اپنا خیال رکھیے
گا شب بخیر۔۔۔اللہ حافظ۔''

زندگی رواں ہے۔ ہم زمین پر اپنے حصے کا سفر مکمل کر کے سوجائیں گے تو بھی یہ رواں ہوگی۔ میرے من میں تھا کہ کسی روز اس شخص کا پتا معلوم کرنا ہے جو میز پر آدھا کپ چائے چھوڑ گیا اور کرسی جس کے انتظار میں نہیں اُٹھائی گئی۔ جب بھی اِس کی تفصیل معلوم کرنے کو بات کی وہ طرح دے جاتی۔۔۔

''سر۔۔۔آپ سمجھنے کی کوشش کیجیے نا۔۔۔''

''کیسے سمجھنے کی کوشش کروں؟''

''سر۔۔۔ جو زندگی سے نکل گیا، من کی تلاش سے واپس تو نہیں آئے گا۔'' وہ اپنے دُکھ۔۔۔سکھ میرے ساتھ بانٹتی۔۔۔الگنی پر ڈالے گئے کپڑوں تک کا ذکر کرتی۔ کوئی نئی کتاب، تازہ میوزک کی CD۔۔۔اس نے اپنی زندگی کے سارے ورق مجھے سنائے۔۔۔میرے دِل

کے Rack میں اِس کی کتابِ زیست محفوظ ہے۔

(۳)

ارادہ باندھا نہ خیال تھا کہ کبھی اس کے شہر کا سفر درپیش ہوگا۔

لیکن ایک دِن پاؤں میں سفر باندھے انھی راہوں سے گزرنا تھا جہاں وہ رہتی تھی۔ اسے Surprize دینا چاہتا تھا لیکن پھر خیال آیا اگر اس روز وہ گھر پر موجود نہ ہوئی تو اُسے دُکھ ہوگا۔۔۔

میں نے اُسے SMS کیا۔

''سر۔۔۔ناممکن۔۔۔میں نہیں مانتی، کب۔۔۔؟ کس وقت۔۔۔؟''

''ساون کی ایک سہ پہر میں تیرے دیس سے گزروں گا۔ حویلی کے باہر جو ڈیرہ ہے وہاں اُتروں گا۔ درختوں کے درمیان پانی کے جو مٹکے رکھے ہیں، مٹی کے کٹورے میں پانی پیوں گا پھر بڑی شاہراہ سے ہوتا ہوا زندگی کی بھیڑ میں گم ہو جاؤں گا۔''

''سر۔۔۔آپ مذاق تو نہیں کر رہے؟''

''کیا تیرا میرا مذاق چلتا ہے۔''

ساون کی سہ پہر کون سی اتنی مسافت پر تھی۔ بڑی شاہراہ سے گاڑی میں نے اسی راستے پر ڈال دی جو اس نے سمجھایا تھا، تارکول کی سڑک، کہیں کہیں اونٹوں کے قافلے، سرکنڈوں کے درمیان چرتی بکریوں کے ریوڑ۔۔۔ جب میں حویلی کی جانب مڑا، سامنے کشادہ اور وسیع ڈیرہ تھا۔ گھنے درختوں کے نیچے دیوہیکل پایوں والی چارپائیاں بچھی تھیں۔ مٹکے رکھے تھے اور ان پر مٹی کے کٹورے دھرے تھے۔ چارپائی پر بیٹھے ایک شخص نے گرم جوشی سے ہاتھ ملایا اور آمد کا مقصد پوچھا۔۔۔

''پیر نواب صاحب کی ملاقات کو آیا ہوں۔''

انہوں نے چارپائی کے سرہانے منقش جھالردار تکیے رکھے۔ میں نے مٹی کے کٹورے میں پانی پینے کی خواہش ظاہر کی۔۔۔

''نواب صاحب کے باہر آنے کا وقت ہے۔۔۔'' ایک خشخشی داڑھی والا جس نے سر پر پگڑی جما رکھی تھی۔۔۔کہا

ابھی کٹورا میں نے منہ سے لگایا تھا کہ ملازمین میں ہلچل مچی اور پوری فضا مؤدب ہوگئی۔ درمیانے قد کا ایک شخص، کاٹن کا کڑکڑاتا سوٹ زیب تن کیے، مونچھیں ترشی ہوئی بال گھنگھریالے پیچھے کی جانب پھینکے ہوئے، پاؤں میں نفیس چپل چمڑے کی، سونے کی انگوٹھیاں دونوں ہاتھوں کی اُنگلیوں میں۔۔۔

میں نے اُٹھ کر اُن سے معانقہ کیا۔

''آپ کا تعارف۔۔۔؟''

''ایک مسافر، سیاح۔۔۔ بڑی شاہراہ سے گزرتے ہوئے آپ کی ریاست کا بورڈ پڑھا ہم آبلہ پا، صحرانورد یونہی پاؤں میں سفر باندھے گھومتے رہتے ہیں۔ کہیں کوئی منظر روک لے تو لمحہ بھر کو سانس لینے کو رُک جاتے ہیں۔''

وہ زیرلب مسکرائے۔

''پڑھے لکھے لگتے ہو۔۔۔ گفتگو کا سلیقہ بھی ہے۔ یونیورسٹی کے زمانے میں ہم نے بھی کئی شوق پال رکھے تھے۔ کتابوں کا شوق بھی رہا اب کتابوں کی جگہ گھوڑوں اور سیاست نے لے لی ہے۔ کتنی دیر رُکنا ہے آپ نے۔۔۔؟''

''نواب صاحب۔۔۔ سفر طویل ہے۔۔۔ چند ثانیے۔۔۔!''

''ایک کپ چائے ہو جائے مہمان نوازی ہماری روایت اور پہچان ہے۔''

''جی ۔۔۔انکار کی جرأت کہاں سے لائی جائے۔''

''خوب خوب ۔۔۔!''

میں نے ان کے ساتھ اس آہنی گیٹ کی طرف قدم بڑھائے جس کے دونوں پٹ سیاہ بھاری گولڈن کنڈے، ساتھ ایک متصل منقش دروازہ، قدیم عہد کی تاریخ کا گواہ''

دروازے میں میری دلچسپی دیکھ کر نواب صاحب نے کہا۔

''منگورہ سے یہ دروازہ ہم مہنگے داموں خرید کر لائے تھے۔''

ooo

نواب صاحب اسی دروازے سے اندر چلے گئے۔ وہ میری محبت نہیں تھی پھر بھی عجیب سی بے چینی تھی ۔۔۔ایک نوکر نے سرگوشی کی۔

''آپ خوش قسمت ہیں۔''

''کیسے؟''

نواب صاحب کے ڈرائنگ روم میں منسٹرز اور قریبی دوستوں کے علاوہ اور کوئی داخل نہیں ہوتا۔۔۔

جب میں ڈرائنگ روم میں داخل ہوا مجھے سکتہ ہوگیا۔ دیوار پر چیتے کی کھال، دائیں جانب نظر گھومی تو ان کے آباواجداد کی منقش فریموں میں جڑی تصویریں، فرنیچر انتہائی قیمتی، نفیس، شیشے کی ڈائننگ ٹیبل کے گرد چوبیس کرسیاں۔۔۔

''آپ ہمارے مہمان ہیں گو چند لمحوں کے لیے سہی ہماری کوشش ہوگی یہ لمحے آپ کو یاد رہیں۔ موضوعِ سخن کتابیں تھیں، تاریخ اور سیاست۔۔۔!''

ایک نوکرانی بے آواز قدموں سے داخل ہوئی اور جوس کے دو گلاس میز پر رکھ کر اسی انداز

میں مؤدبانہ لوٹ گئی۔ اگلے چند لمحوں میں اس نے میز پر فروٹ چن دیے۔ چائے میں پیزا، فروٹ کیک، بسکٹ، سموسے قیمہ والے، آلو کے کٹلس۔۔۔!''

میں اس لمحے ڈرائنگ روم میں موجود نہیں تھا۔ میں کہاں تھا۔۔۔؟ نہیں معلوم۔۔۔ میں لوٹ جانا چاہتا تھا۔ میں کیوں آیا۔۔۔؟ یہاں کیوں گھڑی بھر کو قیام کیا۔۔۔؟ چائے کی پیالی ابھی ہونٹوں کے قریب ہی تھی کہ ایک نوکر رکوع کی حالت میں اندر داخل ہوا اور نواب صاحب کو کسی کی آمد کی اطلاع دی۔۔۔ آنے والا یقیناً اہم تھا کہ نواب صاحب خود چل کر گئے۔۔۔

نوکرانی ظاہر ہوئی۔۔۔

''مالکن پوچھ رہی ہیں خدمت میں کوئی کمی رہ جائے تو معاف کر دیجیے گا۔''

نوکرانی کو کیا معلوم تھا ''کمی کس چیز کی ہے!''

چند لمحات۔۔۔ ثانیے۔۔۔ وقت کی مٹھی سے پھسل کر گرے۔ پھسلتے لمحوں میں خوف تھا اُمید، آس، خواب اور نہ جانے کیا۔۔۔ چند ثانیے۔۔۔ ڈرائنگ روم کے ساتھ ملحقہ کمرے کا دروازہ کھلا۔۔۔ پردہ سرکا۔

ایک ثانیہ۔۔۔

صرف ایک ثانیہ۔

ایک جھلک۔۔۔

اس نے ماتھے پر اپنی مرمریں اُنگلیوں کو لے جا کر سلام مکمل کیا۔

اور پھر۔۔۔

اس کے بعد چراغوں میں روشنی نہ رہی۔

ایک ثانیہ۔۔۔!

وہ میری محبت نہیں تھی۔

پھر وہ ایک سکینڈ میرے من میں کیوں ٹھہر گیا۔۔۔؟ ''کیا محبت کے سوا بھی کوئی رشتہ ایسا ہے کہ ایک لمحہ من میں امر ہو جائے؟''

چائے کب پی کر اُٹھا۔۔۔؟ نواب صاحب سے وقتِ رُخصت ملنے کا انداز کیا تھا؟

''کس کو دیکھا۔۔۔؟ کچھ یاد نہیں۔۔۔ گھنے درخت، مٹکوں پر مٹی کے آب خورے، اُونچے چبوترے پر وہ موروں کا رقص، جنگلے میں پاؤں سمیٹے بیٹھا چیتا۔۔۔!''

بہت حبس تھا جب میں وہاں سے نکلا۔۔۔

وقت کی ہتھیلی پر حالات وواقعات کی ریلوے لائن کی طرح ایک دوسرے کو قطع کرتی ہوئی لکیریں ہیں ان میں اس کی شادی کا بھی اندراج ہے۔۔۔اس شادی کے بارے ایک روز اس نے کہا۔

''سر۔۔۔ میں خوش اور مطمئن ہوں لیکن جو خوشی میرے حصہ میں آئی ہے اسے سمجھوتہ کہتے ہیں۔۔۔''

اس کے بعد وقت کی Calculation ڈسٹرب ہے۔۔۔SMS اور کال کی کڑیاں بے ترتیب ہیں۔ شادی کے بعد بھی سہ پہر کی چائے اور آدھا کپ چائے جو کوئی بھول گیا تھا موجود تھی۔ میں مطمئن تھا کہ اس نے تنہائی کے اوقات کو ترتیب دے لیا ہے۔۔۔آدھا کپ چائے کی خیر ہے۔۔۔کسی کی یاد کا ایسا لمحہ ہوگا جس نے اُسے جینے کا انداز سکھا دیا۔ بہت مہینے گزر گئے۔۔۔ مجھے یاد رہا نہ اس نے SMS کیا۔۔۔

ایک سرد صبح میں نماز کے لیے جاگا تو اس کا SMS بے چین کر گیا۔

''سر!۔۔۔آج کسی بھی وقت میں آپ کو کال کروں گی۔''

دوپہر میں اس کا فون آیا۔

''سر!۔۔۔آپ کیسے ہیں؟''

''تم کہو۔۔۔''

''سر۔۔۔آپ کی تخلیق ''میا'' اور ''برائے فروخت'' سامنے میز پر رکھی ہیں ساتھ میں اشفاق احمد کی ''زاویہ'' جمیلہ ہاشمی کا ''دشتِ سُوس'' اور عبداللہ حسین کا ناول ''باگھ'' رکھا ہے۔۔۔ سر۔۔۔آپ نے ''ماں'' کا کینسر جھیلا ہے اور ''برائے فروخت'' میں ایک افسانہ ہے ''جھونکا ہوا کا'' اس میں بھی موت کی Depth ہے۔۔۔سر۔۔۔آپ بڑی ہمت والے ہیں کیسے کیسے درد جھیل جاتے ہیں۔۔۔سر۔۔۔اِن دنوں میں بیمار ہوں۔دُعا کیجیے گا۔۔۔شام میں فون کروں گی اللہ حافظ اپنا خیال رکھیے گا!''

اس کی گفتگو معنی خیز تھی۔دوپہر اور شام کے درمیان صدیاں بجھ گئیں۔۔۔شام میں اُس کا فون آیا۔۔۔

''سر۔۔۔آپ کو یاد ہے نا آپ کے موبائل نیٹ ورک کی Sim میں نے صرف آپ کے لیے لی تھی۔۔۔''

''یاد ہے۔۔۔!''

''بس۔۔۔سر۔۔۔Sim چند دِن کی مہمان ہے۔''

''کیوں۔۔۔؟''

''سر۔۔۔آپ ہمت والے ہیں، آپ سمجھ تو گئے ہوں گے۔۔۔''

''تم جھوٹ بول رہی ہو۔۔۔''

''سر۔۔۔جھوٹ اور وہ بھی آپ سے؟'' سر۔۔۔ یہ تو ممکن نہیں ہے نا۔۔۔بس

ہوگیا۔۔۔کینسر۔۔۔بلڈ کینسر۔"

کیوں، کیسے۔۔۔کب۔۔۔؟ سر۔۔۔ان سوالوں کے جواب تو نہیں ہوتے نا۔۔۔

سر۔۔۔آپ ایک افسانہ اور لکھ ڈالیے میں کسی کے دِل میں نہ سہی آپ کے افسانے میں تو زندہ رہوں گی نا۔۔۔محبت نہ سہی۔۔۔آپ کے اور میرے درمیان ایک رشتہ تو تھا۔۔۔

میری قوتِ گویائی جاتی رہی۔۔۔

دوسرے روز سارا دِن موبائل پر سناٹا چھایا رہا۔۔۔

سہ پہر میں SMS کی مخصوص آواز سماعت سے ٹکرائی، خوف، اُمید، اندیشے، پسینے میں تر بتر میں نے کرسی کی پُشت پر سر ڈال دیا۔

SMS کھولنے کی ہمت نہیں ہو پا رہی تھی۔

کہیں دور سے آواز آئی۔

مرمریں اُنگلیوں نے ماتھے تک سفر طے کر کے سلام مکمل کیا۔

"سر۔۔۔آخری SMS ہے۔۔۔ہمت کیجیے پڑھ لیجیے۔۔۔!"

ایک لمحے کو آس کی ڈوری کا سرا میں نے تھاما۔۔۔شاید اُسے کینسر نہ ہو اس SMS میں اُمید کی قندیل ٹمٹما رہی ہو۔ میں نے لرزتے ہاتھوں سے SMS کھولا۔۔۔اور دھرتی کے سارے نیٹ ورک جام ہوگئے۔

"سر۔۔۔آپ نے ایک بار ڈرائنگ روم کا پوچھا تھا، ڈرائنگ روم تو اک گزرگاہ ہے یہاں تو روز بہت سے لوگ آتے ہیں لیکن یاد رکھیے گا کہ میں صرف ایک ہی شخص سے ملی تھی اور مجھ سے بھی بس ایک ہی شخص ملا تھا جو آدھا کپ چائے چھوڑ گیا ورنہ لوگ تو بہت آتے ہیں۔۔۔"

☆☆☆

ذہن بازار

اس کی قسمت کی طرح اس کے سائیکل کا ٹائر دفتر سے گھر لوٹتے ہوئے راستے میں پنکچر ہو گیا۔قسمت کو کوسنے کے بجائے اس نے صبر سے کام لیا۔

مقدر کے ٹائر میں دُعا کا پنکچر لگا کر وہ زندگی گھسیٹ رہا تھا لیکن سائیکل کے ٹائر کا پنکچر لگوانے کے لیے رقم کا ہونا ضروری تھا۔ اس نے اپنی جیب کا جائزہ لیا۔ کیوں کہ مہینے کی پانچ تاریخ تک اُدھار چکا دینے کے بعد اس کی جیب میں صرف قناعت بچ جاتی تھی۔ یہ دولت بھی نصیب میں نہ ہوتی تو وہ کب کا پاگل ہو چکا ہوتا۔

جیب میں رکھی ریزگاری سمیت اس نے حساب جوڑا۔ سبزی بھی لینا تھی۔ چھوٹی بیٹی کے سلیپر مرمت کی حد سے گزر چکے تھے۔ کھانسی کا شربت لینا بھی ضروری تھا کیوں کہ گزشتہ رات سے اس کا پانچ سالہ بیٹا مسلسل کھانس رہا تھا۔ ڈاکٹر کی فیس بچانے کی غرض سے اس نے اپنے طور پر نسخہ تجویز دے لیا تھا۔ نسخے میں اینٹی بائیوٹک، اینٹی الرجک اور کھانسی کا شربت شامل تھا لیکن اِس وقت سب سے اہم کام سائیکل کا پنکچر لگوانا تھا۔ چند کلومیٹر وہ سائیکل گھسیٹ بھی لیتا لیکن صبح اسے دفتر بھی تو آنا تھا۔ یہ خدشہ بھی اس کے ذہن میں کلبلا رہا تھا کہ ممکن ہے ٹیوب میں پنکچر ایک سے زیادہ ہوں تو ایسی صورت میں کیا کیا جائے۔ آخری حل مسئلے کا اس کے ذہن میں یہی آیا کہ بیوی کا دوپٹہ نہ رنگوایا جائے اور اس رقم سے پنکچر لگوا لیا جائے اور بیوی کو سمجھایا جائے کہ سفید رنگ کا دوپٹہ تو ہر سوٹ کے ساتھ میچ کر جاتا ہے۔ خیالات اور تفکرات کی رو میں گھرا، وہ بھرے بازار سے گزر رہا تھا۔ معاشی تفکرات انسان کو گھیر لیں تو اِردگرد کی رونق معدوم ہو جاتی ہے۔ اسے معلوم نہیں تھا کہ وہ چل رہا ہے یا اپنے وجود کو گھسیٹ رہا ہے۔ بوجھل قدموں کے ساتھ وہ چلتا رہا، اپنے ذہن کے بازار میں۔

ذہن کے بازار میں پریشانیوں کے سوا کوئی اور دُکان نہیں سجی تھی۔ اس نے اپنے طور پر کوشش کی تھی کہ اس کے ذہن میں کچھ دُکانیں سکھ اور آرام کی بھی کھل جائیں لیکن وہ ناکام رہا۔

اچانک اس نے سائیکل کھڑی کی۔

''دھت تیرے کی۔۔۔'' اس نے اپنے آپ کو کوسا۔

اگر ٹائر میں میخ ہوئی تو اب تک وہ گھوم کر پوری ٹیوب کا ستیاناس کر چکی ہوگی۔

سائیکل کھڑی کر کے اس نے پچھلا پہیہ گھمانا اور اسے غور سے دیکھنا شروع کیا آہستہ آہستہ وہ اس سے بھر بھری مٹی جھاڑتا رہا۔ میخ کہیں نہیں تھی۔

اس نے اطمینان کا سانس لیا۔ پیشانی سے پسینہ پونچھا۔ سائیکلوں کی دُکان بس قریب ہی تھی۔

اس نے مستری سے پنکچر لگانے کو کہا۔

مستری کے آواز دینے پر چھوٹا بھاگ کر آیا اور ٹائر کھولنے لگا۔

بچے کی عمر یہی کوئی بارہ برس کے لگ بھگ ہوگی۔ اسے بچے پر بڑا ترس آیا۔ اس نے سوچا وہ چائلڈ لیبر کے حقوق کے لیے کام کرنے والی کسی تنظیم سے رابطہ کرے اور بچے کو مستری کی دُکان اور جھڑکیوں سے نکال کر کسی اسکول میں داخل کرادے، لیکن وہ صرف سوچ ہی سکتا تھا۔

''باؤجی گرمی کی وجہ سے دو پنکچر اکھڑ گئے ہیں۔''

''لگادو بیٹا۔۔۔ میں ابھی سودا سلف لے کر آیا۔'' اس کے لہجے میں نرمی اور ملائمت تھی۔

''باؤجی! نئی ٹیوب ڈلوالیں۔ اس میں تو اب پنکچر لگوانے کی گنجائش نہیں رہی۔''

''بیٹا! اب کی بار تو لگادے۔ اگلی بار ٹیوب بدل لیں گے۔''

سارے کام نمٹا کر شام ڈھلے وہ گھر کو لوٹ رہا تھا۔ جوں جوں گھر قریب آنے لگا اسے پریشانیاں گھیرنے لگیں۔ اسے یوں لگا اس کی بیوی دروازے کی کُنڈی نہیں کھولے گی بلکہ اس کے ذہن میں مسائل کے کوڑا کرکٹ کا ٹوکرا پھینک دے گی۔ وہ اپنی ناکارہ سوچ کے بیلچے سے ذہن میں لگے مسائل کے ڈھیر کو صاف کرنے میں ناکام رہا تھا۔

اس نے دستک دی۔ دروازہ حسبِ معمول اس کی بیوی نے کھولا۔ اس کے ہاتھ آٹے میں سنے ہوئے تھے۔

''خیر ہو۔۔۔ آج دیر سے آئے ہو۔''

''سائیکل پنکچر ہوگیا تھا۔''

''میرا دوپٹہ رنگوا لائے ہو۔۔۔؟''

''تجھے اپنے دوپٹے کی فکر کھائے جارہی ہے۔ سانس تو لینے دے۔''

اس کی بیوی نے آٹا گوندھ کر سائیکل پر سے سبزی کے شاپر اُتارے۔ بچے کی دوائیاں سنبھالیں۔ کالے رنگ کے شاپر میں سے جب سفید دوپٹہ نکالا تو برس پڑی۔ عسرت نے اسے چڑچڑا کردیا تھا۔ اس کے لہجے میں اکثر تلخی گھلی رہتی تھی۔ چہرے پر جھائیاں اُبھر آئی تھیں۔

''عمر گل گئی میری تیرے ساتھ لیکن ایک دن کا بھی چین نصیب نہیں ہوا۔ خبر ے تمہارے تنگی کب دُور ہوگی؟''

''پنکچر نہ لگواتا کیا؟''

''اُدھار لگوالینا تھا۔ ہماری تو عمر ہر مہینے اُدھار چکاتے ہی گزر رہی ہے نا!''

''ایسی بھی دوپٹہ رنگوانے کی تجھے کیا ضرورت آن پڑی؟''

''کل میلاد شریف میں جانا ہے مجھے۔''

''یہ تو اور اچھا ہے۔ سفید دوپٹہ پاکیزگی کی علامت ہے۔ سادگی بھی ہے اس میں۔''

''وہاں بیگمات بن ٹھن کے آتی ہیں۔ کاٹن کے میچنگ سوٹ پہن کر اور میں ایسے ہی چلی جاؤں۔ پتا نہیں ہمارا مقدر کب سنورے گا۔؟''

''میری تو سن۔۔۔ گرم نہ ہو۔ جس نیک مقصد کے لیے تم سب مل بیٹھتی ہو وہ تو سادگی کا درس دیتا ہے۔ یہ ان بڑے لوگوں کو جا کر سمجھا جن کی بیگمات بن ٹھن کر آتی ہیں۔ پورا میک اَپ کر کے! تلاوت بھی کرتی ہیں، نعت خوانی بھی ہوتی ہے۔ درود شریف کی محفل کا بھی اہتمام ہوتا ہے لیکن اسلام تو اس کی اجازت نہیں دیتا۔۔۔!''

''مجھے نہیں معلوم۔ اجازت دیتا ہے کہ نہیں دیتا، مجھے دوپٹہ رنگوا دے۔''

''عجیب عورت ہے۔'' وہ سر پکڑ کر بیٹھ گیا۔

مت ماری گئی ہے اس کی، اسے اب کیسے سمجھایا جائے۔ اسے معلوم تھا کہ ایسی محفلیں ہر شہر، ہر محلے اور ہر گلی کا معمول تھیں لیکن عملی زندگی بالکل خالی تھی اس کی رُوح کی طرح، ویران اور اُجڑی ہوئی۔ قرآن کو لپیٹ کر طاق میں دھر دیا گیا تھا۔ بس اس کے نیچے سے رُخصتی کے وقت دُلہن کو گزار لیا جاتا۔ اس کی تعلیمات طاقِ نسیاں ہو گئیں۔

اس کی بیوی تھوڑی دیر کُڑھتی رہی اور پھر کھانا اس کے سامنے پروس کر دوسرے کمرے میں چلی گئی۔ اس کا بھی قصور نہیں تھا فکرِ معاش نے پوری قوم کی سائیکی بدل کر رکھ دی تھی۔ چڑچڑا پن عام ہو گیا تھا۔ فانی بدن کے آرام کا خیال رکھتے رکھتے رُوحیں بنجر ہو چکی تھیں۔ آسائشات اور سہولیات نے انسان کو چُور چُور کر دیا تھا۔

مسائل درندوں کی طرح انسان کو چیر پھاڑ رہے تھے۔

اور کہیں کوئی ایک بھی ایسا متنفس نہیں تھا جو انسان کو ان درندوں کے خونی پنجوں سے چھڑاتا۔ عملی زندگی ویسی رنگین نہیں تھی جیسی میڈیا اور کیبل نیٹ ورک کے سینکڑوں چینلز پر دکھائی جانے لگی تھی۔ وہ بستر پر لیٹا سوچ رہا تھا۔

اسے نیند نہیں آ رہی تھی۔

کئی دن سے اس کے بیوی بچے کیبل کنکشن لینے پر اصرار کر رہے تھے۔

''ہونہہ۔۔۔کیبل۔۔۔؟'' وہ زیرِ لب ہنسا۔

اسے یقین تھا کہ جس روز اس نے یہ کام کر لیا۔ گھر سے نماز رُخصت ہو جائے گی۔ روزہ اُٹھ جائے گا۔ شرم و حیا یوں پرواز کر جائیں گی جیسے رُوح بدن سے نکل کر نہیں لوٹتی۔

تفکرات نے اس کے بدن کی عمارت کو بوسیدہ کر دیا تھا۔ اس کے اعضاء کی اینٹیں کھسکنے لگی

تھیں۔ایک روز اس کی بیوی نے سوال کیا۔

''آپ کی صحت گرتی جارہی ہے۔۔۔؟''

''عمر نے آخر ڈھلنا ہی ہے۔''

''دفتر میں کوئی پریشانی ہے کیا۔۔۔؟''

''دفتر میں کیا پریشانی ہوسکتی ہے۔ ہماری مثال تو مشین کی چھوٹی بڑی گراریوں کی مانند ہوتی ہے جو گراری خراب ہوئی نکال کر پھینک دی۔نئی فٹ کی اور مشین رواں ہوگئی۔اب تو یہ گراری بھی گھس گئی ہے۔ریٹائرمنٹ قریب ہے۔یہ گراری اور کتنے دِن چلے گی؟''

''اچھی باتیں سوچیں لیکن۔۔۔''

اس کی آنکھیں چھلک پڑیں۔

''خیر تو ہے۔۔۔؟'' اس کی بیوی کے چہرے کا رنگ میلاد شریف کے دوپٹے کی طرح سفید ہوگیا۔

''کل رات مجھے نیند نہیں آرہی تھی۔۔۔ بیٹا ڈارئنگ رُوم میں دوستوں کے ساتھ خوش گپیوں میں مگن قہقہے لگا رہا تھا۔اس کے ایک دوست نے کہا۔

''یار بڑی روکھی پھیکی اور بے مزہ زندگی ہے تمہاری یہ تو میڈیا کا دور ہے، کیسے دقیانوسی ہو تم بھی کہ ابھی تک کیبل نہیں لگوائی۔۔۔''

وہ بلک کر رو دیا۔۔۔کاش بیٹے کی بات سننے سے پہلے میرے ربّ نے میری سماعت چھین لی ہوتی۔ ہولناک جنگوں میں ہزاروں لاکھوں انسانوں کو اپنے پاس بلا رہا ہے مجھے بھی بلوا لیا ہوتا۔''

''کیا کہہ دیا کمبخت نے مجھے بتایئے اس کی ہڈیاں توڑ دوں گی۔''

''کہہ رہا تھا۔۔۔بس یار۔۔۔ابا کے مرنے کی دیر ہے فکر نہ کرو پہلا کام یہی کروں گا۔''

چھت میں دراڑ آ گئی، دیوار و دَر زلزلے کی زد میں تھے۔ کھڑکیوں کے پٹ ہولناک ہوا کی سنسناتی آواز میں اپنی آواز کھو بیٹھے تھے۔ گھر کے برتن دیواروں سے جا ٹکرائے۔ پورے گھر کا سامان روئی کے گالوں کی مانند اُڑنے لگا۔

وہ گھٹنوں میں سر دیے سسک رہا تھا۔

رات سرد اور ہڈیوں کے گودے میں اُترتی تھی۔

''ہم نے تو رزقِ حلال سے ان کی پرورش کی تھی۔'' اس کی بیوی کے چہرے کا رنگ لٹھا ہو رہا تھا۔

''یہ ہونا تھا۔۔۔''

''مگر کیوں ہونا تھا؟''

''اگر مگر چھوڑو، جس روز تم نے دوپٹے کی رنگائی پر مجھ سے جھگڑا کیا تھا۔ اس دوپٹے سے لے کر تمہارے کاٹن کے اس سوٹ تک جو تم نے پہن رکھا ہے۔ ساری کمائی رشوت کی ہے۔''

☆☆☆

گرمی بہت ہے

کمرے کا درجہ حرارت معتدل تھا۔۔۔

جانے اسے کیوں گرمی کا احساس ہوا اور اس نے اُٹھ کر ایئر کنڈیشنر آن کر دیا۔ بستر پر واپس ٹیک لگا کر اس نے اخبار کی خبر کا بقیہ ٹکڑا اور جس نمبر کے تحت وہ ٹکڑا کہیں درمیان والے صفحات میں اشتہاروں کے جنگل میں گم تھا۔۔۔ تلاش کیا اور خبر مکمل پڑھ لینے کے بعد اس نے پھر پہلے صفحے پر نظر ڈالی۔۔۔ پہلا صفحہ جس پر ایک آسمان بھر پھیلا کسی موبائل کمپنی کا اشتہار اور اس کے پہلو میں اونگھتی ہیڈ لائن۔۔۔ اشتہار میں کوئی خاص کشش نہیں تھی۔۔۔ اوراق پلٹتے ہوئے اسے

احساس ہوا کہ ایئر کنڈیشن سے گرم ہوا کا اخراج ہو رہا ہے۔۔۔حالاں کہ ایسا ہرگز نہیں تھا۔

یہ وہم ہے میرا۔۔۔اس نے اپنے آپ کو تسلی دی،لیکن وقت گزرنے کے ساتھ اسے احساس ہوا کہ کمرے میں حبس بتدریج بڑھ رہا ہے۔۔۔اسے سانس لینے میں دقت ہو رہی تھی۔اس نے ایئر کنڈیشن کا ریموٹ کنٹرول اٹھایا اور تھرموسٹیٹ کو 18 پر سیٹ کیا۔۔۔پلنگ پر پاؤں لٹکائے اس نے تھوڑا انتظار کیا کہ کمرے کا درجۂ حرارت معمول پر آئے تو انگریزی ناول کا مطالعہ شروع کروں۔بستر جس پر وہ برسوں سے سونے کا عادی تھا اسے گرم محسوس ہوا۔۔۔اس نے پھر خیال کو جھٹکا کہ فوم تو گرم ہوتا ہی ہے۔شیشے کے جگ میں سے اس نے ٹھنڈا پانی گلاس میں اُنڈیلا اور غٹاغٹ پی گیا۔۔۔اس کے گلے میں کانٹے بھر گئے تھے اور کانٹوں کی چُبھن کو اس نے ٹھنڈے پانی سے مارنے کی کوشش کی لیکن یہ کوشش بھی رائیگاں گئی۔وہ اٹھ کر ایئر کنڈیشن کے قریب گیا' ہوا کو چھو کے محسوس کیا۔۔۔ہوا گرم تھی۔۔۔

اسی دوران اس کی بیوی نے پورے بدن کروٹ لی۔کچی نیند ٹوٹنے سے اس کی آنکھوں میں سرخ ڈورے اور خمار تھا۔

''خیریت۔۔۔! آپ سوئے نہیں۔''

''کمرہ گرم نہیں ہے کیا۔۔۔؟''

''نہیں تو۔۔۔میں پاؤں پر کمبل ڈالے سو رہی ہوں۔''

''میرا دم گھٹ رہا ہے۔''

''آپ کو وہم کی بیماری ہے لائٹ بند کیجیے اور سونے کی کوشش کریں۔۔۔''اس کی بیوی نے پوری نیند اوڑھ لی۔

وہ کمرے سے باہر نکل آیا۔بالکنی میں کھڑے ہو کر اس نے آسمان پر آدھے چاند اور

سامنے رات کی تاریکی میں آسیب زدہ فلیٹس کی کئی منزلہ عمارتوں پر ایک نظر ڈالی۔ فلیٹس۔۔۔اور فلیٹس میں بستے خاندان، کسی کسی کمرے سے جھانکتی روشنی، قریباً ہر فلیٹ میں ایئر کنڈیشن چل رہا تھا اور اس مشینی شور نے حشرات الارض کا شور نگل لیا تھا۔ اس کے اپنے اندر بھی اک شور بپا تھا۔۔۔

یہ فلیٹس میں چلتے ایئر کنڈیشن میرے اندر کے شور کو نگل کیوں نہیں جاتے، اگر میرے من میں شوکتے شور کو راہ نہ ملی تو یہ مجھے نگل کھائے گا۔۔۔اس شور کا کیا بندوبست کیا جائے۔۔۔؟

کمرے کے اندر حبس تھا۔ باہر بھی موسم میں حدت تھی۔

درد۔۔۔کرب۔۔۔بے بسی۔۔۔گھٹن۔۔۔آنسو۔۔۔!

رات کا سناٹا اور من میں گڑی یہ درد کنی۔۔۔کس کے ساتھ اپنا درد جا' بانٹوں۔۔۔؟

نہیں نہیں۔۔۔یہ میرا درد ہے۔ اسے عام نہیں کرنا۔ خود پینا اور جینا ہے۔

کیا بیوی کو جگا کر ساتھ شامل کرلوں۔۔۔؟

نہیں۔۔۔چین کی نیند کیوں توڑوں بے چاری کی۔۔۔سوتی رہے۔

اس نے اپنے وجود کو اپنے ناتواں بازوؤں میں لیا اور فرش پر اکڑوں بیٹھ گیا۔ رات کے سناٹے میں ایئر کنڈیشنروں کا شور تھا۔ اپنے بازو اس نے اپنے اردگرد اور مضبوطی سے لپیٹے لیکن اپنے آپ کو سنبھال نہ پایا۔۔۔اور سارے بندھن ٹوٹ گئے۔۔۔وہ رو دیا۔۔۔

صبح میں اسے بیٹی کا فون آیا تھا۔۔۔

''بابا۔۔۔جس فلیٹ میں ہم رہتے ہیں۔۔۔ایئر کنڈیشن نہیں ہے نا۔۔۔مجھے بہت گرمی لگتی ہے۔۔۔!''

☆☆☆

بے انت صحرا

بستی کی کچی دیواروں پر شام کی لالی اداس لمحے رکھ کے رخصت ہو رہی تھی۔

اس کا گھر بستی کے جنوب مغرب میں واقع تھا۔ اس کی بیوی نے چند روز پہلے دیواروں پر نہر سے لائی گئی مٹی سے لیپ کیا تھا۔ تازہ مٹی کی سوندھی سوندھی خوشبو ابھی باقی تھی۔ وہ ایک درمیانی عمر کا شخص تھا، جس کے سر پر اگے بال پرندوں کے گھونسلے کی مانند تھے۔ شیو اس کی۔۔۔ ہم کہہ سکتے ہیں کہ بڑھی رہتی تھی۔۔۔ آپ کہیں گے کہ میں نے یہ کیوں کہا کہ ہم کہہ سکتے ہیں کہ بڑھی رہتی تھی۔ وجہ یہ ہے کہ وہ ایک منتشر الخیال شخص تھا۔ اس کے ذہن کی گلیوں میں سارا دن عورتیں اور لڑکیاں چہل قدمی کرتی تھیں، اس کا اظہار وہ بے تکلف دوستوں کی محفل میں کرتا رہتا تھا۔ وہ نماز

کا پابند تھا۔اس کے ماتھے پر سجدوں کا گہرا کلیجی نشان اس کی عبادت کی گواہی دیتا تھا۔لیکن سوال یہ ہے کہ اس کے دماغ کی گلیوں میں عورتیں کیوں چہل قدمی کرتی تھیں۔۔۔؟ گلی میں ایک ایسی لڑکی بھی تھی جس کا بدن وہ رات میں اوڑھ کے سوجاتا۔۔۔اس کے نو بچے تھے کیوں کہ اس کی شادی اس دور میں ہوئی جب ابھی فیملی پلاننگ کا چرچا اتنا نہیں تھا۔وہ کثیر العیال تھا اور اس بات پر مطمئن بھی۔۔۔وہ ایک لڑکی جو اس کے ذہن کی گلی میں رہتی تھی ایسی بے باک نکلی کہ اس کے ذہن سے نکل کر اس کے آنگن میں اتر آئی۔۔۔اس کی بیوی نے کہ کہیں آنگن سے نکل کر وہ محلے میں نہ گھومنے لگے ایک روز ہمت کر کے اس سے کہا۔

''آپ کچھ تو خیال کریں۔۔۔بچے جوان ہیں۔''

''میں تو صرف اس کو دیکھتا ہوں۔کیا اللہ کی بنائی ہوئی چیز کو دیکھنا گناہ ہے۔۔۔؟''

''میں گناہ ثواب کی بات نہیں کر رہی۔رسوائی کا ڈر ہے۔''

''میں تو صرف عشاء کی نماز کے بعد اس کے بھائی کے ساتھ اس کے گھر چلا جاتا ہوں۔ایک کپ چائے پیتا ہوں اور بس۔۔۔''

بیوی جو اپنے خاوند کے بدن سے لے کر اس کے دماغ میں رینگنے والے ننگے کیڑوں تک سے واقف تھی۔اسے اپنے خاوند کی قربت سے گھن آنے لگی۔اسے ایسے محسوس ہوا اس کے بدن کے ساتھ بہت سے غلیظ کیڑے چمٹ گئے ہیں۔وہ کئی بار سوچتی گھر سے چلی جائے۔اس نے میکے جانے کا ارادہ باندھا' کیڑوں سے جان چھڑانے کے لیے خلع کا بھی سوچا لیکن بچے آڑے آئے ان سب کو سنبھالنا اس اکیلی کے بس کا روگ نہیں تھا۔اس نے چپ اوڑھ لی۔وہ اکثر سوچتی یہ کیسا انسان ہے۔پکا نمازی۔تہجد کے وقت اٹھنے والا لیکن یہ اسے عورتوں کی لت کیوں ہے۔کیا کسی عورت کا بدن مجھ سے زیادہ خوبصورت اور پرکشش ہے۔۔۔سب ایک سی ہوتی ہیں۔یہ مرد

کے دماغ کا خناس ہے۔

میں نے یہ کیوں کہا کہ ہم کہہ سکتے ہیں کہ اس کی شیو بڑھی رہتی تھی۔

اس نے ایک بار ڈاڑھی رکھ لی اور فیصلہ سنا دیا کہ یہ زندگی بہت مختصر ہے اس لیے ہمیں گناہوں سے بچنا چاہیے اور نیک کام کرنا چاہئیں۔۔۔ چھ ماہ بعد ایک دن محلے والوں نے دیکھا کہ ڈاڑھی کچھ مختصر ہو چلی ہے۔

''بھائی۔۔۔ یہ تم نے کیا کیا۔۔۔ڈاڑھی چھوٹی کیسے ہوگئی۔''

''یار! یہ نائی کا قصور ہے۔۔اس الو کے پٹھے کو میں نے ڈانٹ پلائی ہے۔خط بناتے ہوئے اس نے میری ڈاڑھی کا خیال نہیں کیا۔۔۔''

ڈاڑھی مختصر ہوتے ہوتے نائی کی اس موٹی مشین کے نیچے آگئی جہاں بڑھی ہوئی شیو اور ڈاڑھی کا فرق ختم ہو جاتا ہے۔

''یار۔۔آج کھجلی ہو رہی ہے۔۔۔'' ایک دن اس نے نائی سے کہا۔

نائی نے استرے میں تازہ بلیڈ ڈالا اور چھلے ہوئے چہرے کے ساتھ جب وہ گھر آیا تو اس کی بیوی کے چہرے پر ناگواری تھی۔اس کی بیوی کو ایک اُلجھن یہ بھی تھی کہ وہ اتنے بچوں کا باپ ہونے کے باوجود چولہے میں چوکی پر بیٹھا کھانا کھاتے ہوئے اس کے بدن کو غور سے دیکھتا رہتا ہے۔۔۔کہا ہے نا۔۔۔اس کی بیوی کو کیڑوں سے گھن آتی تھی۔۔۔

''جب میں تمہاری ہوں تو یہ دیدے پھاڑ پھاڑ کر میرا جسم کیوں دیکھتے ہو۔''

''بیوی کو دیکھنا ثواب ہے۔''

''ثواب کے اور بھی کام ہیں۔''

بستی کی کچی دیواروں پر شام کی لالی اداس لمحے رکھ کے رخصت ہو رہی تھی۔

وہ گھر سے تہبند باندھے بنیان پہنے گلی میں نکلا تو سامنے کے پختہ مکان کے سامنے سے اس نے چند کاریگر دیکھے جو کندھوں پر تار کے رول لٹکائے ہاتھوں میں اوزار پکڑے مشرقی سمت جا رہے تھے۔اس نے ایک نوجوان سے پوچھا۔۔۔

''یہ کیبل نیٹ ورک والے ہیں نا۔۔۔؟''

''ہاں۔۔۔باقی کام مکمل ہو گیا ہے اب گھر گھر کیبل پہنچا رہے ہیں۔''

''لاحول ولا قوۃ الا باللہ۔۔۔قیامت قریب آ گئی ہے۔بے حیائی گھر گھر میں گھس چکی ہے۔اب آسمان سے آگ برسنا باقی ہے۔''

''چاچا۔۔۔کیا تو کیبل نہیں لگوائے گا۔۔۔؟''

''نہ پتر،نا۔۔۔یہ شیطانی کام ہے۔''

''چاچا۔۔۔شیطان تو ہمارے دل میں مستقل رہتا ہے۔''

وہ اپنے دل کے شیطان سے بے پروا اسی سمت چلنے لگا جہاں کیبل نیٹ ورک والوں کا دفتر تھا۔۔۔وہاں نوکیلی مونچھوں والا ایک نوجوان عملے کو کیبل لگانے کی ہدایات دے رہا تھا۔نوجوان اوزار اور کیبل سنبھالے کام پر نکل گئے تو وہ اس نوکیلی مونچھوں والے کے ساتھ تنہا رہ گیا۔۔۔ان کے درمیان کچھ دیر خاموشی رہی۔۔۔شاید دونوں کو بات بڑھانے کے لیے کوئی سرا ہاتھ نہیں آ رہا تھا۔۔۔

''چاچا۔۔۔آپ کے گھر بھی کیبل لگانی ہے نا۔۔۔؟''

''نہ بیٹا۔۔۔نہ۔۔۔میں شیطان کو اپنے گھر نہیں گھُسنے دوں گا۔''

''چاچا۔۔۔آپ کو کیبل کے بارے مکمل معلومات نہیں ہیں نا اس لیے آپ ایسا کہہ رہے ہیں۔''

''کیا مطلب ہے بیٹا۔۔۔؟''

''کیبل نیٹ ورک برا نہیں ہے۔اسے استعمال کرنے والے اچھے یا برے ہوتے ہیں۔''

''وہ کیسے۔۔۔؟''

''چاچا۔۔۔ایک چینل ہے جس پر چوبیس گھنٹے تلاوت ہوتی ہے'ایک چینل نعتوں کا ہے 'قرآنی تعلیمات کے ساتھ ساتھ خبروں کے چینل ہیں۔''

''اچھا۔۔۔اس کا مطلب ہے میں بھی کیبل لگوا سکتا ہوں۔''

''چاچا۔۔۔آپ کہیں تو کل لڑکوں کو بھیج دوں۔۔۔؟''

''نہیں بیٹا۔۔۔مجھے سوچنے دے۔''

رات میں وہ اسی ادھیڑ بُن میں رہا کہ کیا کیبل لگوائی جائے یا نہیں۔وہ اپنے آپ سے سوال جواب کرتا رہا۔۔لیکن کسی حتمی فیصلے پر پہنچنا اس کے لیے مشکل ہوگیا۔اسی کشمکش میں اسے نیند آ گئی۔۔۔اگلے روز وہ تیار ہو کر گھر سے نکلا، جب کیبل نیٹ ورک کے دفتر پہنچا تو انتیس انچ کے ٹی وی پر ایک رقاصہ اپنے عروج پر تھی۔نوکیلی مونچھوں والے نے فوراً چینل بدلا اور وہ نعتیں سننے لگا۔۔۔دو تین نعتوں کے بعد پندرہ بیس منٹ اس نے تلاوت سنی، پھر خبروں کے چینل غور سے دیکھے۔۔۔جب وہ وہاں سے نکلا تو کیبل لگانے کا حتمی فیصلہ کر چکا تھا۔۔۔ پانچ وقت کے نمازی نے کیبل کیا لگوائی بہت سے کمزور ایمان والوں کو ایک دلیل ہاتھ آ گئی گویا جواز مل گیا۔۔۔اس نے پہلے ہفتہ کے دوران تلاوت، نعتیں اور خبروں کے چینل دیکھنے کے بعد سوچا کہ ہم اچھے یا برے انسان ہوتے ہیں۔کیبل اچھی یا بری نہیں ہوتی۔۔۔وہ محلے میں جگہ جگہ اپنی دلیلوں کی زنبیل لے کر دلیلیں بانٹنے لگا۔اس کے گھر کے ساتھ لکڑی کا ٹال تھا۔لکڑیاں بیچنے والا ایک عمر

رسیدہ شخص تھا۔۔۔

''بھائی۔۔۔تم تو پنج وقتہ نمازی ہو۔۔۔تم نے کیبل کیوں لگوائی۔۔۔؟''اس نے لکڑیاں تولتے ہوئے پوچھا۔

''بزرگو۔۔۔کیبل نے میرا ایمان تازہ کر دیا ہے۔صبح اب تلاوت باقاعدگی سے سنتا ہوں۔نعتیں سننے کے بعد پون گھنٹہ خبریں دیکھتا ہوں۔یہ پرائیویٹ چینل تو سب پول کھول کے رکھ دیتے ہیں۔۔۔اپنے دو چینل تو حکومت نامہ نشر کرتے ہیں۔''

''یہ سارے نیرو ہیں۔۔۔اور چین کی بانسری بجا رہے ہیں۔''

''بزرگو۔۔۔آپ بھی کیبل لگوالو۔۔۔''

''نہ بھائی۔۔۔نہ۔۔۔بے حیائی والے چینل بہت زیادہ ہیں۔''

''تو۔۔۔آپ وہ نہ دیکھنا۔''

''کیسے نہ دیکھوں۔۔۔نفس کا شیطان میں نے مار لیا ہے کیا۔۔۔؟''

وہ وہاں سے اٹھ کر ایک منیاری کی دوکان پر گیا' نائی سے ہوتا ہوا وہ اپنا موٹر سائیکل ٹھیک کرانے کو مستری کے پاس رکا اور ہر جگہ اس کی زبان بے لگام چلتی رہی۔

کسی نے افواہ اُڑا دی کہ چاچے کو''کیبلیریا''ہو گیا ہے۔

''ہیں۔۔۔!یہ کون سی بیماری ہے۔''

''یار۔۔۔ترقی یافتہ عہد ہے نئی نئی ایجادات،نئی سے نئی تحقیق اور ایک سے ایک بیماری اُتر رہی ہے۔۔۔''

''تو کیا یہ لا علاج بیماری ہے۔۔۔؟''

''ہاں۔۔۔ابھی تک کینسر کی مانند کیبلیریا کا علاج دریافت نہیں ہوا۔۔۔''

ایک رات اس کی آنکھ کھل گئی۔۔۔اس نے کروٹیں بدل بدل کر نیند لینے کی کوشش کی لیکن ناکام رہا۔اچانک اسے خیال آیا۔۔۔کیوں نہ کیبل آن کرلوں وہ اپنے کمرے میں اکیلا تھا اس کی بیوی دوسرے کمرے میں بچوں کے ساتھ سو رہی تھی۔اس نے ٹی وی آن کیا اور ریموٹ سنبھال کر چارپائی پر آلتی پالتی مار کے بیٹھ گیا۔۔۔رات اس کے وجود میں سے گزرنے لگی۔۔۔اس نے دیکھا خبروں والے چینل بند ہیں۔۔۔بستی میں کیبل نیٹ ورک نے ابھی چند چینل ہی متعارف کرائے تھے۔

ریموٹ کا بٹن اس کی انگلی کے نیچے تھا اور وہ نفس کے پنجے میں۔۔۔!

جو منظر سامنے تھا اسے دیکھ کر اس نے آنکھیں بند کرلیں۔

تھوڑی دیر میں اس نے دوبارہ آنکھیں کھولیں منظر موجود تھا۔۔۔ایک عورت لباس اور بے لباسی کے درمیان اور اس کے پیچھے تھرکتی اس جیسی سینکڑوں لڑکیاں' وہ ساری کی ساری لڑکیاں اس کے ذہن میں گھومنے والی لڑکیوں میں بدل گئیں۔اس نے حیرت سے ان ساری عورتوں اور لڑکیوں کو دیکھا جن کو وہ روز دیکھنے کا عادی تھا۔

ریموٹ کا بٹن اس کی انگلی کے نیچے تھا اور وہ نفس کے پنجے میں۔۔۔!

ایک توانا مرد نے لڑکی کو بازوؤں میں گھما کے ساحل کی گیلی ریت پر پھیلایا اور ہونٹ اس کی گردن پر رکھ دیے۔۔۔

''لاحول ولا قوۃ الا باللہ۔۔۔'' اس نے چینل بدلا تو جانوروں کے ایک چینل پر دو جانور۔۔۔جفتی۔۔۔!

اس نے ٹی وی بند کردیا۔۔۔اپنے آپ کو ٹٹولا تو اس کے جسم پر لمبے لمبے بال تھے۔اس کی جون بدل گئی تھی۔وہ ریچھ تھا، یا کوئی اور جانور۔۔۔۔اس نے پاؤں پر نظر ڈالی۔خوف سے وہ لرز

اٹھا۔۔۔اپنے پاؤں سے نکل کر وہ ذہن کی گلی میں نکلا تو وہاں سارے جانور پنجے گاڑے بیٹھے تھے۔وہ صحن میں نکل آیا۔اس کے منہ سے عجیب وغریب آوازیں برآمد ہونے لگیں۔۔۔

''کیا یہ میں ہوں۔۔۔کون ہے۔۔۔ یہ میں نہیں تو پھر کون ہے۔۔۔؟ میں کہاں گیا۔۔۔کیا مر گیا۔۔۔جو مر گیا تو یہ زندہ کون ہے۔۔۔کیبل۔۔۔نہیں وہ تو انسان دیکھتے ہیں۔کیا کمرے میں لوٹ کے پھر کوئی ایسا چینل تلاش کروں جو مجھے مجھ سے ملا دے۔۔۔لیکن میں کون ہوں۔۔۔؟ میری شناخت کیا ہے۔۔۔؟

ہونہہ۔۔۔شناخت۔۔۔؟ سب بے نشان ہیں۔''

اس کا چہرہ دن بہ دن مرجھاتا چلا گیا۔۔۔لاغر مریض۔۔۔اس کی بیوی نے اسے متعدد ڈاکٹروں کو چیک کرایا' جو بستی کے قریبی شہر میں تھے۔۔۔ بڑے شہر کی اسے سمجھ تھی نہ استطاعت۔۔۔!خاوند کی بجائے اسے نوجوانوں کا غم تھا۔۔۔ان کو کیسے پالوں گی۔۔۔!اس کے خاوند کی عادت ہوگئی وہ رات میں الگ سوتا اور ساری رات اپنے پسندیدہ چینل دیکھتا۔ڈیوٹی پر جاتا تو کام کے دوران اس پر کسلمندی چھائی رہتی۔۔۔!

ذہنی خلجان نے اس کے بدن سے گوشت اتار پھینکا اور وہ ہڈیوں کا ڈھانچا نظر آنے لگا۔۔۔!ایک دن اس نے فیصلہ کیا کہ اب گناہ کے قریب نہیں پھٹکنا اور باقی کی زندگی ترتیب سے گزارنی ہے۔سب سے پہلے اس نے ذہن کی گلی میں جھانکا۔۔۔اور پیچھے ہٹ کر دروازہ بند کر لیا' گلی میں وہ ساری عورتیں موجود تھیں جن کے ساتھ اس نے سوتے جاگتے' چلتے پھرتے' اٹھتے بیٹھتے شب بسری کی تھی۔

''آج رات میں کیبل اکھاڑ پھینکوں گا۔۔۔''اس نے اپنے من میں جاری جنگ کو سیز فائر کرنے کا فیصلہ سنا دیا۔

رات اتری۔۔۔

سب سو چکے تھے۔اس نے ٹی وی کا، ریموٹ اُٹھایا۔۔۔کشمکش۔۔۔اُلجھن۔۔۔بے زاری۔۔۔خوف۔۔۔ثواب۔۔۔گناہ۔۔۔اسے پسینہ آ گیا۔۔۔جنگ زوروں پر تھی۔۔۔جنگ جو ازل سے جاری ہے۔۔۔کون کہاں مات کھا جائے۔۔۔پیادہ۔۔۔شاہ۔۔۔گھوڑا۔۔۔وقت کی چالیں۔۔۔

اس نے آخری ہمت باندھی اور دماغ کی بجائے دل سے رجوع۔۔۔!

وہ وقت کے بے انت صحرا میں کھڑا تھا۔

اس نے دل کو آواز دی۔۔۔

گہرا سناٹا تھا۔۔۔

اسے اپنے ہی جملے کی بازگشت سنائی دی۔۔۔!

دل کہاں گیا۔۔۔؟

وقت کے بے انت صحرا میں اس نے دیکھا تو اس کے دل کو مرے ہوئے زمانے گزر چکے تھے۔۔۔!

☆☆☆

اعلان

افسانہ اُلجھ گیا ہے۔

میں کئی ماہ سے اس افسانے میں ذہن کھپا رہا ہوں۔ ایک سرا پکڑتا ہوں تو دوسرا ہاتھ سے نکل جاتا ہے پھر مجھے خیال آیا دُنیا میں اتنے بہت سے مسائل اُلجھے ہوئے ہیں اُلجھے ہونے کے باوجود وہ موجود ہیں تو میں نے اگر ایک اُلجھا ہوا افسانہ اپنے قاری کے سامنے رکھ دیا تو کون سی مشکل آن پڑے گی میرا قاری خود ہی مسئلے کو حل کر لے گا۔ یہ الگ بات ہے کہ دو ایٹمی طاقتیں ابھی تک پاور میں ہونے کے باوجود مل بیٹھ کر اپنے مسائل حل نہیں کر سکیں۔ ایٹمی طاقت ہونے کے باوجود ڈیڑھ سو سالہ غلامی کے جراثیم حکومتی نسلِ نو کو منتقل ہوتے چلے جا رہے ہیں۔ ایسے میں مجھے اپنے افسانے کی پڑی ہے کہ وہ اُلجھ گیا ہے جسے اُلجھے ہوئے ابھی چند ماہ ہوئے ہیں۔ یہ کوئی مسئلہ کشمیر،

فلسطین، گجرات اور وانا تو ہے نہیں جس کے لیے تھنک ٹینک سر جوڑ کر بیٹھیں۔ سیدھا سادا ایک افسانہ ہے۔ اب قاری کو اُلجھاؤ بتا دوں تا کہ ساٹھ کی دہائی کے افسانوں کی طرح وہ بددل ہو کر افسانہ پڑھنا ہی نہ چھوڑ دے اور میری ساری محنت اکارت چلی جائے۔ اس افسانے میں ایک انفرادی قتل کی کہانی ہے، کہیں سے اجتماعی قتل کی لاشیں بھی کسی نے ڈھو کر افسانے میں ان کی اجتماعی قبر بنا دی ہے۔ اس میں ایک مزدور کی کہانی ہے جس کی ایک دِن کی مزدوری گم ہو گئی ہے۔ اس افسانے میں اعلان بھی ہو رہے ہیں۔ چھوڑیے ان باتوں کو وقت کی آواز پر کان دھریے۔ پہلے ہی کون سا کم پانی پلوں کے نیچے سے بہہ گیا ہے۔ دیر کی تو باقی زندگی قائم رکھنے کو ہم ایک بوند پانی کو ہی ترس جائیں گے اور انسانی خون سے پیاس تو نہیں بجھتی نا۔۔۔اور زندہ رہنا بھی ممکن نہیں ہوتا۔۔۔اس لیے آپ تھوڑا غور کریں۔۔۔افسانے پر یا اعلان پر۔۔۔!

معلوم نہیں یہ نئے زمانے کی بات ہے یا پرانے زمانے کی۔ یہ بھی خبر نہیں یہ قصہ کہانی ہے کب کی۔۔۔؟

اعلان ہو رہا تھا اور یہ بھی معلوم نہیں کہ اعلان ڈھنڈورچی ڈھول کی تھاپ پر شہر کی گلیوں میں الاپ رہا تھا۔ کسی مسجد کے اسپیکر سے یہ اعلان کیا جا رہا تھا، یا ریڈیو اور ٹی وی پر نشر کیا جا رہا تھا۔ اعلان کو خود بھی معلوم نہیں تھا کہ اسے بار بار کیوں دہرایا جا رہا ہے۔ بستی والے اعلان غور سے سن رہے تھے۔

ملک میں طاعون کی وبا پھوٹنے والی ہے اور طاعون کے پرندے ہر طرف منڈلا رہے ہیں۔ امکان ہے کہ وہ صرف ظلم وستم روا رکھنے والے افراد کو ہی نشانہ بنائیں گے۔ ان کا ہدف اور کوئی نہیں ہوگا۔ اس لیے عوام اور بے ضرر امن شہریوں کو بالکل گھبرانے کی ضرورت نہیں ہے۔ اعلان میں یہ بھی کہا جا رہا تھا وہ ان پر بھی عذاب بن کر اُتریں گے جو ملک میں بے جا خوف وہراس پھیلاتے ہیں

اور دھماکوں کے ذریعے بے گناہ شہریوں کی نہ صرف نیندیں حرام کرتے ہیں بلکہ ان مظلوموں کے خون پر سیاست کے قصر تعمیر کرتے ہیں۔

بستی والے بھاگ کے گھروں سے اپنے سماعتی آلے اُٹھالائے۔ وہ اعلان کو واضح اور صاف سننا چاہتے تھے۔ یہ وہم بھی ہوسکتا تھا۔ کچھ یہ بھی سوچ رہے تھے ممکن ہے یہ اعلان خواب میں ہو اور ابھی ہماری آنکھ کھلے تو ہم صدیوں کے اسی بدنصیب آہنی بستر پر ہی ہوں۔ اعلان کے بعد میڈیا نے خبر دی کہ ملک کے تمام تھانوں اور ہسپتالوں نے حکومت وقت کے سامنے اپنے بے بسی کا اظہار کرتے ہوئے کہا ہے کہ آسمان سے اُترنے والے ہر عذاب کے سامنے اِنسان ازل سے بے بس چلا آرہا ہے۔ پرندوں کا رُخ مغرب سے مشرق کی سمت تھا۔

ایک اعلان کسی مسجد سے شاید اس لیے بھی ہو رہا ہو کہ ایک قتل نے پوری آبادی میں ہراس پھیلا دیا تھا معاملہ گڈمڈ سا تھا۔ ایک تو اسی روز کا وقوعہ تھا آبادی میں ایک قتل ہوگیا۔ قتل کا خوف تو اپنی جگہ تھا پوری آبادی ہراساں تھی لیکن اسی روز ایک بڑے شہر کی مسجد میں ہونے والے دھماکے میں پچیس نمازیوں کے چیتھڑوں نے پورے ملک کی مساجد کے مستقل نمازیوں میں ایک خوف ایسا کاشت کیا کہ اگلی صبح ان کے بیوی بچوں نے اصرار کیا کہ وہ گھر پر ہی سجدہ ریز ہولیں۔ آبادی، شہر اور ملک بھر کا خوف ایک سا تھا۔ سب بے گناہ مارے گئے تھے۔

اخبارات اور میڈیا پر قتل وغارت کی خبریں معمول کا حصہ ہوگئی تھیں۔ بچے بھی یہ سمجھنے لگے تھے کہ ہماری ویڈیو گیمز کی طرح یہ بھی کوئی کھیل ہے اور جیسے ہم گھر بیٹھے پہلے اسٹیشن پر یہ کھیل کھیلتے ہیں ایسے ہی کچھ برے لوگ اپنے پلے اسٹیشن سے روزانہ یہ کھیل کھیلتے ہیں اور دُنیا میں کہیں نہ کہیں سو پچاس لاشوں کا گرنا کھیل کا معمول ہے۔ آلۂ سماعت اپنی اپنی جیب میں واپس ڈال کر اب لوگ سوچ رہے تھے۔ قتل تو صرف ہماری بستی میں ہوا ہے لیکن خوف پورے ملک میں کیوں پھیل

گیا ہے۔ یہ اعلان کس نے کرایا ہے یہ کوئی بچوں کا کھیل نہیں تھا حقیقت میں ایک گھر اُجڑ گیا تھا۔ جیسے زمین پر کمزور مالک اُجڑ رہے تھے۔ ادھر ترقی یافتہ ممالک میں انتھراکس ڈاک کے لفافوں میں چھپ کر حملہ آور تھا۔ حملہ آور تمام نامعلوم تھے سوائے ایک دو طاقتوں کے۔۔۔! دو طاقتیں ایسی تھیں جنہوں نے ببانگِ دہل کمزور ممالک کو کچل دیا تھا۔ کرۂ ارض کے کچھ قلیل لوگوں کا یہ بھی کہنا تھا کہ یہ ان دو ممالک کی جرأت اور عظمت کی دلیل ہے کہ انہوں نے حملہ پوری دُنیا کو بتا کر کیا اگر وہ بتائے بغیر بھی حملہ کر دکھاتے تو کسی نے ان کا کیا بگاڑ لینا تھا۔ ان کے ساتھ کسی کی دُشمنی کا کوئی ثبوت بھی نہیں تھا۔

ادھر بستی کے مقتول کی کسی سے دُشمنی نہیں تھی۔ وہ ایک متوسط طبقے کا ایسا شخص تھا جو دِن بھر دُنیا کے دھندوں میں کھوئے رہنے کے بعد رات ڈھلے اپنی بیٹھک پر اپنے چند دوستوں سے گپ شپ کر لیا کرتا تھا۔ جس روز نہر کنارے وہ شہر سے گاؤں لوٹ رہا تھا۔ شکر دوپہر تھی ایک ریلوے کراسنگ پر جہاں نزدیک نزدیک آبادی کا نام ونشاں نہیں تھا۔ وہ ریلوے لائن کراس کرنے لگا تو گولی اس کی پشت میں اُتر گئی وہ چکرا کر گرا اور دوسری گولی نامعلوم افراد نے دِل میں تاک کر اُتاری۔ جب پولیس پہنچی موٹر سائیکل غائب تھی۔ تھانے میں جو رپورٹ درج ہوئی اس میں بھی قاتلین نامعلوم تھے۔ یہ واردات بھی انہی وارداتوں میں ڈال دی گئی جو آئے دِن موٹر سائیکلوں کے ڈاکے کے سلسلے کا معمول تھیں۔

حکومت کی طرح تھانے والوں نے بھی بستی والوں سے وعدہ کر لیا کہ قاتلوں کو ہر صورت میں گرفتار کیا جائے گا۔ قتل کو بہت دِن گزر گئے۔ زندگی اپنے معمول پر آ گئی ایک دِن تنہائی میں بیٹھا میں سوچ رہا تھا ہابیل قابیل سے چل نکلنے والا یہ سلسلہ رُکا ہی کہاں ہے۔ نسلِ انسانی کے ساتھ یہ بھی پھیلتا جا رہا ہے۔ کہا۔۔۔ نا۔۔۔ اب تو انسانی بے حسی سے یہ معمول کا حصہ ہو کر رہ گیا

ہے۔

بستی کے معمولات تو معمول پر آ گئے لیکن اس گھر میں دُکھ ابھی بسیرا کیے ہوئے تھا۔ درختوں کی ٹہنیوں اور آنگن میں درد کی ہوا جھلساتی تھی۔قتل کا درد اتنی جلدی اِنسانی دماغ سے نہیں نکلتا۔وہ اندر ہی اندر انسان کو کھوکھلا کر دیتا ہے۔میں بھی اسی بستی اور دُکھ کا حصہ تھا۔ مجھے وہ شخص یاد آ رہا تھا جس کے قاتلوں کی ابھی تک خبر نہیں تھی۔

سامنے پگڈنڈی پر ایک شخص آ رہا تھا۔۔۔دھیمی چال چلتا ہوا۔۔۔آہستہ آہستہ اس کے نقوش واضح ہونے لگے۔اس کے پاؤں میں گانٹھ لگی چپل، سر پر بوسیدہ میلی سی پگڑی اور بغل میں خالی بوریاں تھیں۔ پرندوں کی جگہ چارپائی پر وہ آ کر بیٹھ گیا۔کہانیاں پرندے اپنے ساتھ لے اُڑے اور میں رسالے کے اوراق میں سے پرندے تلاش کرنے لگا۔خزاں کی خامشی میں اک آواز اُبھری۔

''چار چار روپے۔۔۔سستیاں لے لو۔چھابیاں لے لو۔۔۔چار چار روپے۔''

میرا جی چاہا اُٹھ کر ایک چنگیر لے لوں۔ممکن ہے چنگیر میں روٹی کی بجائے کوئی کہانی رکھی ہو اور بیچنے والی کی جیب میں رقم کی بجائے بھوک رکھی ہو۔وہ خزاں رسیدہ چہرے والی ایک پستہ قد عورت تھی۔اس کے کپڑوں میں جگہ جگہ پیوند لگے تھے۔وہ گزر گئی۔میں چنگیر سے کہانی اُٹھا سکا نہ اس کی جیب سے بھوک۔۔۔دیر تلک اس کی پشت پر لٹکتے جھولے اور سر پر دھری چنگیروں کو دیکھتا رہا، رسالے کے اوراق چپ ہو گئے۔۔۔گونگے اور بہرے۔۔۔ان کی قوت گویا کیا ہوئی۔۔۔؟ ان سے نطق کس نے چھین لی۔۔۔؟

یہ آدمی جو میرے سامنے بیٹھا ہے کون ہے؟ کہاں سے آیا ہے؟

میرے سامنے بیٹھے شخص کی خواہش تھی کہ میں اس سے باتیں کروں۔

لیکن کون سی۔۔۔؟

حالاتِ حاضرہ، موسم، مہنگائی، بیروزگاری، علاقائی سیاست، جنگ، امن، ایٹم۔۔۔کون سی بات۔۔۔؟ وہ آہستہ سے کھنکارا، گلا صاف کیا، پگڑی سنبھالی، بوریوں کو تھپتھپایا حالانکہ وہ خالی تھیں۔ان میں اناج بھرنے کا وقت ابھی نہیں آیا تھا۔

''آپ کیسے ہو۔۔۔؟'' وہ گویا ہوا۔اس کا لہجہ کھردرا تھا۔

''ٹھیک ہوں۔۔۔الحمدللہ۔''

''قاتل کا کوئی پتہ چلا۔۔۔؟'' وہ اس قتل کی بابت مجھ سے پوچھ رہا تھا جسے لوگ اپنی مصروفیات میں اور خاندان کے افرادِ فکرِ معاش میں بھول گئے تھے۔میں نے اس کا چہرہ غور سے دیکھا اور کہا ''نہیں۔۔۔!''

''ہائے ہائے کیسے سفاک لوگ تھے، موٹر سائیکل چھین لے جاتے نوجوان کو گولی نہ مارتے۔موٹر سائیکل بھی گئی، جان بھی گئی۔۔۔خان صاحب، ایک بات پوچھوں۔۔۔''

''جی۔۔۔''

''آپ مقتول کو کب سے جانتے ہیں۔۔۔؟''

''اجی۔۔۔ہم ان کے ٹریکٹر پر مزدوری کرتا تھا، مٹی ڈھونے کا کام کرتا تھا، وہ بہت اچھا اِنسان تھا، موٹر سائیکل چھیننے والوں کو کیڑے پڑیں، ان کی لاشیں گل سڑ جائیں۔۔۔

''خان جی، اب بھی مزدوری کا سلسلہ ہے یا نہیں۔۔۔''

میرے سامنے کسی نے تازہ اخبار لا رکھا۔ انتھراکس کی جگہ جراثیمی ہتھیاروں کی خبر گرم تھی۔اخبار کے صفحات دھڑ دھڑ جل رہے تھے۔خبروں نے اخبار کے ساتھ ساتھ لوگوں کے دِل بھی ادھیڑ دیے تھے۔میں شاید اخبار کی سرخی کے بعد اس کی بغلی خبروں میں جھانکتا لیکن مجھے خیال

آیا میں کسی سے محوِ گفتگو ہوں۔۔۔

''خان جی میں نے مزدوری کا پوچھا تھا۔''

''نہیں جی۔۔۔ بے روزگاری کا عذاب ہے۔ ادھر ٹھیکے دار حرام زادے نے دو مہینے کی مزدوری رُوک رکھا ہے کہتا ہے۔ ابھی پیمنٹ نہیں ہوا ہے۔ جانے اللہ میاں نے ہمیں غریب کیوں بنایا اتنا بہت سارا مخلوق کو امیر بنا رہا تھا ہم کو بھی بنا دیتا تو اس کی خدائی میں کون سا کمی آ جانا تھا۔''

''خان صاحب۔۔۔ اللہ کا شکر ادا کریں اس نے آپ کو امیر نہیں بنایا، امیری بھی عذاب اور امتحان ہے۔'' لیکن جس کے گھر میں بھوک پک رہی ہو اس کے لیے فلسفیانہ باتیں کارِ زیاں ہوتی ہیں اس نے صرف سر ہلانے پر اکتفا کیا۔۔۔ میں نے اس سے پوچھا ''آج کیسے آئے ہو۔۔۔؟''

''تعویذ لینے آیا ہوں جی۔۔۔ بیوی کا دودھ سوکھ گیا ہے اور بچہ بیمار ہے، ہاتھ بہت تنگ ہے، اب تو کہیں مزدوری بھی نہیں مل رہی ہے۔''

میں اس کے کھردرے اور سخت ہاتھوں کو دیکھ رہا تھا۔ بیلچے نے اتنی روٹی نہیں کمائی تھی، جتنی ہاتھوں نے گانٹھیں کمالی تھیں۔ کھردرے ہاتھوں پر محنت کی روٹی رقم تھی، لکیروں کی لکڑیاں ہاتھ کے تندور میں سلگ رہی تھیں لیکن بوریاں خالی تھیں، وہ پُر اُمید تھا کہ بوریاں بھر جائیں گی۔ ''تعویذ'' سے دودھ اُتر آئے گا اور اس کا بچہ کلکاریاں مارنے لگے گا۔ اس کے چہرے پر بچھی جھریوں میں کرختگی عجیب سی تھی۔ شاید اس کے گھر کے مسائل بھی کشمیر اور فلسطین کی طرح تھے۔ اس کے پاس روز جینے اور مرنے کے سوا اور کوئی حل نہیں تھا۔ بات سے بات نکلتی رہی۔۔۔ باتوں کے دوران اچانک اس کی آنکھوں میں چمک سی پیدا ہوئی وہ مسکرایا اور کہا! ''ایک بات کہوں جی۔

اگر آپ کو بُرا نہ لگے تو؟ کہو، کہو خان صاحب۔۔۔!''

''وہ جی۔۔۔وہ۔۔۔وہ۔۔۔میری۔۔۔ان کی طرف ایک دیہاڑی نکلتی تھی جی، ساٹھ روپیہ، آپ اگر سفارش کریں نا۔۔۔تعویذ کے ساتھ اگر ساٹھ روپیہ بھی مل جائے تو۔۔۔؟'' اس وقت تو قتل کا دُکھ بہت گہرا تھا نا۔۔۔ مجھے اچھا نہیں لگتا تھا کہ میں ساٹھ روپیہ مانگوں۔

میں سوچ رہا تھا کہ قاتل کے باپ کو ساٹھ روپے کا کہوں یا نہ کہوں۔ ابھی اسی ادھیڑ بن میں تھا کہ ایک گاڑی کی آواز سن کر رُک گیا۔ پولیس وین آ کر رُکی تھانے دار اُترا۔۔۔ اور اس نے مقتول کے باپ کا پوچھا۔

پولیس نے بتایا۔۔۔'' سالانہ بھل صفائی کے لیے بڑی نہر کی بندی کے دوران جب پانی اُترا تو اطلاع ملی کہ ریلوے کراسنگ پر نہر میں موٹر سائیکل پڑا ہے۔ وہ ہم نے قبضے میں لے لیا ہے۔ اب سوال یہ ہے کہ اگر وہ موٹر سائیکل چھیننے والا گروہ تھا تو پھر وہ موٹر سائیکل نہر میں کیوں پھینک گئے؟''

مقتول کے باپ کو بیٹے کی یاد نے پھر رلا دیا۔ درختوں کے نیچے کہرام مچ گیا۔ گاؤں کے لوگ اکٹھے ہو گئے۔ سب اپنی اپنی ہانک رہے تھے مقتول کا باپ سکتے کی کیفیت میں تھا۔ عورتوں کے بین کی آواز بلند ہونے لگی تھی۔ خبر آگ کی طرح پھیل گئی کہ موٹر سائیکل مل گیا ہے۔ لوگ چاروں اور چلے آ رہے تھے۔ پھر وہی چہ مگوئیاں، وہی قصے، مسجد کے مقتول زندہ ہو گئے۔ انتھراکس کے لفافے کھلنے لگے۔ لوگ اتنی زیادہ تعداد میں جمع ہو گئے کہ آوازوں کی جگہ اب صرف مکھیوں کی بھنبھناہٹ تھی۔ خان صاحب کی دہاڑی بھی اسی شور میں دب گئی۔۔۔کون کیا کہہ رہا تھا۔۔۔؟ ایک شخص قدرے بلند آواز میں بول رہا تھا۔

'' ملک بھر میں ہونے والے دھماکوں کے مجرم آج تک نہیں پکڑے گئے یہ پولیس

ہمارے ایک قتل کا کیا سراغ لگائے گی۔''

''نہیں نہیں موٹر سائیکل مل گیا ہے تو قاتل بھی پکڑے جائیں گے۔''

''وہ تو ضیاء الحق کے جہاز کے ٹکڑے بھی مل گئے تھے۔''

اتنے بڑے مجمعے کو چپ کرانا پولیس کے بس کا روگ نہیں تھا۔

اچانک کسی نے چیخ کر کہا۔۔۔''چپ۔۔۔! اعلان ہو رہا۔۔۔'' مجمع یوں چپ ہوا جیسے انہیں سانپ سونگھ گیا ہو۔ معلوم نہیں یہ نئے زمانے کی بات ہے یا پرانے زمانے کی۔ یہ بھی خبر نہیں یہ قصہ کہانی ہے کب کی۔۔۔؟ اعلان ہو رہا تھا اور یہ بھی معلوم نہیں کہ اعلان ڈھنڈورچی ڈھول کی تھاپ پر شہر کی گلیوں میں الاپ رہا تھا۔ کسی مسجد کے اسپیکر سے یہ اعلان کیا جا رہا تھا، یا ریڈیو اور ٹی وی پر نشر کیا جا رہا تھا۔ اعلان کو خود بھی معلوم نہیں تھا کہ اسے بار بار کیوں دہرایا جا رہا ہے۔

اعلان سننے کے بعد میں نے سوچا مجھے ضرور بولنا چاہیے۔ میں نے ہاتھ بلند کیا لیکن میری زبان لڑکھڑا گئی۔ میری زبان کو تالا کس نے لگا دیا۔۔۔؟ یہ جو دہاڑی مانگنے آیا تھا۔ جس کے بیلچے نے اتنی روٹی نہیں کمائی تھی، جتنی ہاتھوں نے گانٹھیں کمائی تھیں۔ کھردرے ہاتھوں پر محنت کی روٹی رقم تھی، لکیروں کی لکڑیاں ہاتھ کے تندور میں سلگ رہی تھیں۔ یہ بھی چپ ہے میں بھی چپ ہوں، صرف پولیس وین کے انجن کی آواز ہے اور بس۔۔۔!

سنا ہے پورے کرۂ ارض کی بستیاں صدیوں سے چپ ہیں اور اعلان ہو رہا ہے۔۔۔! اعلان کو خود بھی معلوم نہیں تھا کہ اسے بار بار کیوں دُہرایا جا رہا ہے اور مغربی سمت سے آنے والے طاعونی پرندے پوری زمین پر یاجوج ماجوج کی طرح پھیل گئے ہیں۔ ان کی چونچ میں جو ایٹمی، کیمیائی، جراثیمی کنکریاں ہیں وہ اندھی ہیں۔۔۔

☆☆☆

کنجی

سارے گھر میں ڈھنڈیا مچی تھی۔

کنجی کھو جانے سے سارے کام ادھورے پڑے تھے۔

ہر ایک اپنی اپنی ہانک رہا تھا۔ سب نے اپنی جیب میں ہاتھ ڈال کر اچھی طرح دیکھ لیا تھا۔ سارے گھر میں اسے تلاش کیا گیا لیکن وہ کہیں نہیں ملی۔ گھر کا سربراہ سر تھامے بیٹھا تھا۔ ساری عمر سمجھاتے گزر گئی تم سب کی عقل میں بات نہ آئی۔۔۔؟ اس نے رنجیدگی سے کہا:

''بابا۔۔۔ ہم ہر بات کا خیال رکھتے ہیں۔ آپ تو خواہ مخواہ ڈانٹتے رہتے ہیں۔۔۔''

''دیکھ رہی ہو نئی نسل کی زبان ماں باپ کے سامنے بھی قینچی کی طرح چلنے لگی ہے۔۔۔'' وہ بیوی سے مخاطب تھا:

''شرم کرو بے حیاؤ۔۔۔ ماں باپ کے سامنے اونچا بولنے سے اعمال اکارت چلے جاتے

ہیں۔ان کے اعمال ہیں ہی کون سے جو اکارت چلے جائیں گے۔۔۔‘‘اس کا غصہ بدستور قائم تھا۔

’’بابا۔۔۔ہم کیا کریں۔۔۔؟ ہمارے اوپر اتنی پابندیاں ڈال دی ہیں آپ نے، یہ کرو وہ نہ کرو۔ایسا کروگے تو فلاح پاجاؤ گے۔نہیں کروگے تو پریشانیاں تمہیں گھیرلیں گی۔۔۔؟‘‘

’’نہیں برداشت ہوتیں ہم سے یہ اتنی بہت سی پابندیاں۔۔۔‘‘

’’بول بول اور اونچا بول۔۔۔‘‘

’’قرآن میں اللہ میاں نے سچ کہا ہے کہ مال واولاد فتنہ ہیں۔۔۔‘‘

’’کس چکر میں پڑ گئے ہو سارے۔۔۔کوئی کنجی تو تلاش کرو۔۔۔‘‘ان کی ماں بولی۔

کنجی کو گم ہوئے شاید کئی سال گزر گئے تھے۔ان کے چہروں پر گم شدہ کنجی کی ساری کیفیات پینٹ تھیں۔

جس روز سے یہ حادثہ ہوا تھا وہ مسلسل مسائل کا شکار چلے آرہے تھے۔گھر کے جس حصے کی وہ چابی تھی، وہ سالوں سے بند تھا اور ان کو یقین تھا کہ اندر گرد اور موسموں کی دیمک نے ہر چیز کو چاٹ کھایا ہوگا۔

کہانی نے موڑ لیا۔۔۔

بوڑھے کا بڑا بیٹا لان میں بیٹھا اخبار پڑھ رہا تھا۔

اس کی بیوی نے اس کے سامنے اورنج جوس کا گلاس رکھا اور پاس ہی کرسی پر بیٹھ گئی۔

’’یہ ابا جی تو مستقل دردِ سر ہو گئے ہیں۔۔۔‘‘

’’کیا مطلب ہے تمہارا۔۔۔؟‘‘اس نے تیوری چڑھا کر پوچھا۔

’’میں نہیں کرسکتی خدمت۔۔۔الگ سے ملازم رکھ دیں۔‘‘

جوس کا گلاس سامنے رکھا تھا۔

اور اس کے اندر کڑواہٹ گھلی تھی۔اس نے اندر کی کڑواہٹ کم کرنے کے لیے ایک گھونٹ بھرا تو اسے ایسے لگا جوس میں اس کی بیوی نے وہ کرشمہ ملا دیا ہے، جو بچپن میں اس کے گاؤں کا ایک حکیم جانوروں کی پھکی میں ملایا کرتا تھا۔

''حوصلہ رکھا کرو۔۔۔ایک دن ہم پر بھی یہ عمر گزرے گی۔ایسے نہ ہو،اس وقت۔۔۔؟''

''آپ بہت دور کی سوچتے ہیں۔جانے اس عمر تک ہم زندہ بھی رہیں گے یا نہیں جو مسائل سامنے ہوں ان کو حل کرنا چاہیے۔مجھ سے یہ بوڑھے نہیں سنبھالے جاتے۔اوپر سے اس کنجی نے مجھے ہلکان کر رکھا ہے۔جب دیکھو اسی کا تذکرہ۔۔۔!''

''کسی وقت تو یہ مسائل اور شکایات کی پٹاری نہ بھی کھولا کرو۔میری کھوپڑی اُبلنے لگتی ہے، جب دیکھو شکایات کا دفتر کھلا ہے۔اپنے اس شکایات سیل کو کبھی بند بھی کر لیا کرو۔۔۔''

''اچھا چھوڑیں۔۔۔جوس پئیں۔''

''رہنے دو۔۔۔''

کہانی رُک گئی۔

''مسئلے کا کوئی حل اس کی سمجھ میں نہیں آرہا تھا۔''

اس کے دوستوں کا حلقہ بھی برائے نام تھا۔جس کمیونٹی سے اس کا تعلق تھا اس کے مسائل عجیب وغریب تھے۔

وہ اپنا درد کس کے ساتھ بانٹتا۔۔۔وہ اخبار گھٹنوں پر پھیلائے اپنے آپ سے اُلجھ رہا تھا۔اس کی نظر سامنے کے دروازے پر پڑی۔اس کے والد اسی کی جانب آرہے تھے۔سامنے مالی پودوں کو پانی دے رہا تھا۔وہ اُٹھنے لگا۔

''بیٹا۔۔۔مجھے تم سے ایک ضروری بات کہنا ہے۔''

وہ طوعاً و کرہاً بیٹھ گیا۔

''بیٹا۔۔۔دیکھو میں نے تمہیں کتنی بار سمجھایا۔ کنجی تلاش کرنے کو کہا۔۔۔اگر تم نے اس وقت میری بات مان لی ہوتی تو آج تمہیں یہ دن نہ دیکھنا پڑتا۔ اس ایک کمرے کے کھل جانے سے سارا مسئلہ ہی حل ہو جاتا اب ہم بہو پر بوجھ ہیں اسے کیا پڑی ہے ہماری خدمت کرے یہ فرض تو تمہارا تھا۔''

وہ سر جھکائے بات سن رہا تھا۔

اس کے پاس فرار کا کوئی راستہ نہیں تھا۔

وہ سوچنے لگا واقعی اگر میں نے چابی گم نہ کی ہوتی تو آج حالات کچھ اور ہوتے۔

باپ سے اس کی پریشانی دیکھی نہ گئی۔

''بیٹا۔۔۔دیکھ پریشان ہونے کی ضرورت نہیں۔ ماں باپ اولاد کا برا کبھی نہیں سوچتے۔ یہ ازل سے چلا آ رہا ہے کہ آٹھ دس بچے ماں باپ پر کبھی بوجھ نہیں ہوتے۔ ضعیفی میں ماں باپ ساری اولاد پر بھاری ہو جاتے ہیں۔''

وہ شرم سے پانی پانی ہو رہا تھا۔

''بیٹا۔۔۔ہم جا رہے ہیں۔''

''کہاں۔۔۔؟''

''اللہ کے پاس۔۔۔''

''ابا جی آپ کیسی باتیں کر رہے ہیں۔۔۔؟''

''بیٹا میں ٹھیک کہہ رہا ہوں۔''

''اور یہ لو۔۔۔کنجی۔۔۔۔!''

''یہی ہماری کل میراث ہے۔اب اسے گم نہ کر بیٹھنا۔نہیں تو زمین و آسمان کے سارے دروازے مقفل ہو جائیں گے اور ہمیشہ کے لئے بھٹکنا تمہارا مقدر ہو جائے گا۔۔۔'' بوڑھے باپ کی آنکھوں میں آنسو تھے۔

اس نے مُٹھی کھولی۔ مٹھی میں نماز رکھی تھی۔

اس کی آنکھ کھلی۔

وہ ہڑبڑا کر اُٹھ بیٹھا۔

اس کا پورا جسم پسینے میں شرابور تھا۔

اور مسجد سے آواز آرہی تھی۔

حی علی الصلٰوۃ۔۔۔حی علی الفلاح۔۔۔!

☆☆☆

چوب دار

جنبش مکن۔۔۔ہوشیار باش۔۔۔نگاہ رُو برو۔۔۔!

شہنشاہِ معظم تشریف لاتے ہیں۔۔۔!

اُس نے چاروں اور دیکھا۔خالی محل بھائیں بھائیں کر رہا تھا۔دُور تلک غلام گردشوں میں بھی کوئی متنفس نہیں تھا۔جب کوئی بھی نہیں ہے تو یہ پکار کیسی ہے۔۔۔؟ کون ہے جس کی آمد کی اطلاع ویران اور سُونے محل میں گردش کر رہی ہے۔میری بینائی کے آئینوں میں کوئی ایسی گرد تو نہیں جم گئی کہ مجھے سب نظر نہیں آ رہا اور سارے منظر موجود ہیں۔۔۔

کیا میں ہی تو شہنشاہِ معظم نہیں۔۔۔؟

نہیں نہیں وہ قہقہہ پھینک کے ہنسا۔بہت دیر اُسے اپنے قہقہے کی آواز سنائی دیتی رہی۔اُس نے اپنے وجود پر ایک نظر ڈالی۔کیا میں زمین کا آخری انسان ہوں۔۔۔؟ کیا میں انسان بھی ہوں

کہ نہیں ۔ یہ جو زمین سے نسلِ آدم معدوم ہو گئی ہے۔۔۔کیا مَیں نے اس نسل کو نابود کر ڈالا ہے۔اربوں انسان کیا اک میرے اشارے پر سُلائے جاتے رہے۔۔۔اُس نے غور سے دیکھا،زمین کا رنگ سرخ تھا۔

جس زمین پر میں پیدا ہُوا تھا وہ تو خاکستری رنگ کی تھی۔اُس پر نیلے اور سبز رنگ کی بہار اُس کا حُسن تھی۔

یہ زمین۔۔۔یہ سرخ کیوں ہے۔نہیں نہیں۔۔۔اتنا خون نہیں بہایا گیا۔بھلا ایسا ممکن ہی کہاں ہے۔۔۔؟

میں نے اتنے انسانوں کے قتل کا حکم تو جاری نہیں کیا تھا۔میں نے تو صرف زمین کے کچھ ٹکڑوں پر امن قائم کرنے کے لیے نیزہ بردار، آہن پوش،تلوار بکف بھیجے تھے۔وقت کے ساتھ لوہے کو میں نے اُڑان اس لیے تو نہیں دی تھی کہ وہ بارُود برساتا پھرے۔۔۔

جنبش مکن۔۔۔ہوشیار باش۔۔۔نگاہ رُوبرو۔۔۔!

شہنشاہِ معظم تشریف لاتے ہیں۔۔۔!

اُس نے دم سادھ لیا۔اِدھر اُدھر پھر نگاہ ڈالی۔ایک کونے سے اُسے سرسراہٹ سی سنائی دی۔اُس نے نگاہ مرکوز رکھی۔آواز لحہ بہ لحہ قریب آ رہی تھی۔کیا شہنشاہِ معظم سے قبل کوئی دستہ ان کی پذیرائی کو نمودار ہوا چاہتا ہے۔سرسراہٹ جب قریب آئی تو اسے ہیولے سے نظر آئے،شاید محل کی قندیلیں بُجھ گئی تھیں۔اُس نے ہیولوں کو غور سے دیکھا۔وہ انسان ہرگز نہیں تھے۔غلام گردش کے ایک ستون کے پیچھے کھڑا وہ ہیولوں کو پہچاننے کی کوشش کرتا رہا۔ان سب کے سر نہیں تھے لیکن وہ آپس میں باتیں کر رہے تھے۔

''ہمیں اپنے سر ساتھ لے کے چلنا چاہیے تھا۔''

''کیا فائدہ۔۔۔؟''

''بغیر سر کے ہم کوئی بھی فیصلہ نہیں کر سکیں گے۔''

''اچھا ہے ہم اپنے سر چھوڑ آئے ہیں۔۔۔جس نسلِ انسانی کے دھڑ پر سر تھے، اس کے غلط استعمال سے وہ اندھے فیصلے کرتے چلے گئے اور آخران کی نسل معدوم ہوگئی۔اب ایک بھی ''سر'' والا انسان زمین پر نہیں ہے۔''

''کیا ان کی آنکھیں بھی نہیں تھیں۔۔۔؟''

''آنکھیں۔۔۔؟''

آنکھیں خون کے منظر دیکھتے دیکھتے ایک دن خون بن کہ بہہ گئیں۔

چپ چاپ چلتے رہو۔

غلام گردش کے ستون کے پیچھے کھڑے شخص نے اپنا سر ٹٹولا۔وہ سلامت تھا۔میں یقینی آخری انسان ہوں۔

جب ہیولے نظروں سے اوجھل ہو گئے تو اُس نے محل کے اس کمرے کی طرف قدم بڑھائے جو شہنشاہِ معظم کی ذاتی آرام گاہ تھی۔

اوہ۔۔۔میں تو خود شہنشاہِ معظم ہوں۔

میں اس کمرے میں داخل ہو سکتا ہوں۔میری کنیزیں۔۔۔؟ ملکہ۔۔۔؟ سب موجود ہوں گی کیا۔۔۔؟لیکن جو دستہ شورش کے دبانے کو میں نے بھیجا تھا اس کی ابھی تک کوئی اطلاع نہیں آئی، مجھے تھوڑی دیر آرام کرنا چاہیے لیکن کیا میں سچ مُچ زمین پر تنہا رہ گیا ہوں۔۔۔؟ کاش میں نے لاکھوں انسانوں کے قتل کے احکام جاری نہ کیے ہوتے۔۔۔؟

وہ سوچ کی گہری وادی میں وقت کی تلاش میں سرگرداں تھا۔وقت جس نے اس کے

چیتھڑے اُڑا دیے تھے اور وہ وقت کی نبض پر ہاتھ رکھنا بھول گیا تھا۔ جو حکمران وقت کی نبض پر ہاتھ رکھنا بھول جاتے ہیں وہ اپنی قوم سمیت اندھیروں میں دھکیل دیے جاتے ہیں۔ اسے تو اپنی صدی کا نام بھی بھول گیا تھا کہ میں کس صدی میں فراعین کا نمائندہ رہا۔ اس نے صدیوں کو انگلیوں پر شمار کرنے کی کوشش کی لیکن گنتی بھول گیا۔ اس نے چاروں اور دیکھا، صدیاں الٹی لٹکی ہوئی تھیں۔۔۔

یہ کیا۔۔۔؟

ان صدیوں کو کس نے اُلٹا لٹکا دیا۔

صدیاں تو ترتیب سے رکھی ہوئی تھیں۔۔۔

شاید میری کھوپڑی اُلٹ گئی ہے۔

اس نے اپنے سر کو ٹٹولا۔۔۔ سر اسے دھڑ سے بہت بڑا محسوس ہوا۔۔۔

''ہیں۔۔۔؟ یہ میرے سر میں کون سما گیا ہے۔۔۔؟ میرا سر اتنے حجم کا تو نہیں تھا۔۔۔؟''

میں کہاں جاؤں کیا کروں۔۔۔؟ کس کو آواز دوں۔۔۔؟

اس نے اپنی ذاتی آرام گاہ کی طرف قدم بڑھائے لیکن زمین نے اس کے پاؤں میں کیلیں گاڑ دیں۔۔۔

یہ کون سی عبادت گاہ ہے۔۔۔؟ کیا اسے میں نے مسمار کرایا تھا۔ میری آرام گاہ کہاں ہے۔۔۔؟

زمین۔۔۔؟

زمین کو تو میں نے ادھیڑ کر رکھ دیا۔۔۔

اوہ۔۔۔ یہ میرے سر کا حجم جو اتنا بڑھ گیا ہے۔۔۔ یہ وہ عبادت گزار لوگ ہیں جنہیں میں

نے عبادت گاہوں سمیت ابدی نیند سلا دیا۔۔۔

یہ مجھے چین نہیں لینے دیں گے۔۔۔

یہ میری روح کی دھجیاں اُڑا دیں گے۔

مجھے اپنی آرام گاہ میں پناہ لینا چاہیے۔۔۔!

لیکن میرے چوب دار کہاں ہیں۔۔۔؟

اچھا اچھا۔اپنی زمین کا چوب دار تو میں خود ہوں۔۔۔

لیکن میں اکیلا۔۔۔؟

جب وہ آرام گاہ میں داخل ہوا تو انسانی لاشوں سے آرام گاہ اٹی تھی۔۔۔

تعفن سے اُس کی سانس رک گئی۔وہ پلٹنے کو تھا کہ پھر آواز آئی۔

جنبش مکن۔۔۔ہوشیار باش۔۔۔نگاہ رُو برو۔۔۔!

شہنشاہِ معظم تشریف لاتے ہیں۔۔۔!

میں ہوں۔میں ہوں۔میں ہوں شہنشاہِ معظم

میں تاریخ ہوں۔میں وقت ہوں۔میں آئینہ ہوں۔۔۔آئینہ۔۔۔؟

یہ آئینے میں اتنی خراشیں۔۔۔یہ کون ہے جس نے تاریخ کو اپنے نوکیلے ناخنوں سے بگاڑ کے رکھ دیا ہے۔۔۔اس نے زور سے تالی بجائی۔۔۔

مجرموں کو حاضر کیا جائے

وہ خود اپنی عدالت میں کھڑا تھا۔

لاشوں پر پاؤں دھرتا وہ اس الماری کی طرف بڑھا جس میں اس نے آخری معرکے کے دوران اپنے آپ کو سنبھال کے رکھ دیا تھا۔۔۔

یہ میں الماری سے باہر کب آیا۔۔۔؟

ایک دستاویز تھی۔۔۔نا۔جس میں سارے فیصلے درج تھے۔۔۔اس نے الماری کا منقش پٹ کھولا۔۔۔دستاویز موجود تھی لیکن وہ اتنی بوسیدہ اور کرم خوردہ ہو چکی تھی کہ اسے کھولنا مشکل تھا۔اس نے ہمت کر کے اسے اٹھایا۔چرمی جلد پر جو نقشہ کھدا ہوا تھا اس میں سرخ لکیریں روشن تھیں۔۔۔!

اندر کہیں نقشے میں اسے ایک کوا نظر آیا۔جو زمین کھود رہا تھا۔زمین کا وہ ٹکڑا اس کی پہچان سے باہر تھا۔کوا مسلسل اپنا کام کیے جا رہا تھا۔اگر یہ ہابیل قابیل کا عہد ہے تو کوے کو ایک قبر کھودنا چاہیے تھی لیکن یہ کیا۔قطار میں بہت سی قبریں کُھدی ہوئی تھیں۔ایک کوا کائیں کائیں کر رہا تھا اور چہار اطراف سے کوے آکر قبریں کھودنے میں مصروف تھے۔یہ کوّوں نے کس کو دفن کرنا ہے۔اتنی لاشیں کہاں سے لائی جائیں گی۔۔۔؟ زمین پر نسلِ انسانی تو معدوم ہو چکی ہے۔۔۔کیا کوئی پرانا منظر میرے ذہن کے پردے پر تو نہیں چل رہا۔۔۔!

وہی مخلوق جو اس نے محل میں سے گزرتی دیکھی تھی جن کے دھڑ پر سر نہیں تھے وہ لاشیں اٹھائے ان گڑھوں کی جانب بڑھ رہے تھے۔لاشیں جلی ہوئی اور مسخ شدہ تھیں۔وہ اپنی پہچان کھو چکی تھیں۔ان کو رونے والے بھی رو رو کر اپنی بینائیاں مٹی میں رول چکے تھے اور کوے تھے کہ مسلسل آسمان پر منڈلا رہے تھے۔وہ سارے کالے تھے۔اس نے دور تک نگاہ کی، کوّوں کے علاوہ اسے اور کوئی پرندہ نظر نہیں آیا۔گدھ تو ہونا چاہیے تھے۔یہ اتنے کوے۔۔۔؟ کیسا معمہ ہے۔۔۔؟

وہ ایک پتھریلے ٹیلے پر بیٹھا یہ منظر دیکھ رہا تھا۔۔۔!

گدھ ابھی تک نہیں آئے۔۔۔اتنی لاشیں ہم کیسے ٹھکانے لگائیں۔۔۔؟ سردار کوے نے

متفکر ہو کر سوال کیا۔

سردار ہلاکو اور چنگیز خان نے انسانی کھوپڑیوں کے جو مینار تعمیر کیے ہیں گدھ وہاں مصروف ہیں۔کوئی ایک پارٹی تو ادھر آنکلی ہوتی۔۔۔

کہیں کوئی نہ کوئی طالع آزما اپنی طاقت دکھار ہا ہے کچھ گدھ وہاں مصروف ہیں لیکن گدھ تو لاکھوں کروڑوں کی تعداد میں تھے۔

سردار انسانی لاشیں بھی تو ان گنت ہیں، ہر درخت کے ساتھ کوئی نہ کوئی درخت کا حصہ بن کے لٹکا ہے کنویں انسانی لاشوں سے اٹے پڑے ہیں۔وہ جو آدھی دنیا فتح کرنے نکلا ہے اس نے کشتوں کے پشتے لگا دیے ہیں۔

دو عظیم جنگوں میں لاکھوں انسانوں کو ٹھکانے لگا دیا گیا۔دنیا بچانے کا جھانسا دے کر ایک آہن پوش نے ایسے بم گرائے جو لاکھوں انسانوں کو نگل گئے وہاں آج بھی نسلیں اپاہج پیدا ہوتی ہیں، زمین روٹھ گئی ہے۔وہ سبزہ نہیں اگاتی۔وہاں ہر سال درد سر اُٹھاتا ہے جو ہر آنے والی نسل کو رُلاتا ہے۔

یہ انسان بدترین جانور ہے

تو کیا ان جنگوں میں گدھ بھی مارے گئے۔۔۔؟

جی سردار۔۔۔

اس نے خوف سے دوسرا ورق الٹا۔۔۔

اُلٹی لٹکتی صدی اس کے حلق میں مچھلی کا کانٹا بن گئی

یہ کوے کیسی باتیں کر رہے ہیں۔۔۔؟

یہ کون سی صدی ہے جس میں لوہے کو میں نے اڑان دی تھی۔۔۔

یہ بارودی پرندے کیوں منڈلا رہے ہیں۔۔۔؟

یہ کیسے تیر ہیں جو آگ اور بارود کی لپک لیے ہزاروں میل لمحوں میں طے کر رہے ہیں۔۔۔؟

کوے باتیں کر رہے تھے۔

وہ باتیں سن رہا تھا۔

ہم پرندوں کی کسی بھی نسل اور قوم نے ایسا خونی کھیل زمین پر نہیں کھیلا۔

وہ اپنے سر کو تھامے سوچ رہا تھا اور۔۔۔ایک کوا اپنے سردار سے پوچھ رہا تھا۔

جب انسان کا وجود ہی مٹ گیا ہے تو پھر ان قبروں میں کسے سلایا جائے گا۔۔۔؟

ایک شخص باقی ہے' ڈر ہے اس سے نسل چل نکلی تو یہ پھر زمین پر لہو لہو کھیلیں گے۔ یہ ان کا من بھاتا کھیل ہے۔قبروں کا تیار رہنا ضروری ہے۔ پہلی قبر بھی ہم نے کھودی تھی، لگتا ہے آخری بھی ہمیں ہی کھودنی پڑے گی۔۔۔

کیا پرندوں اور جانوروں کی ایک کانفرنس نہ بُلا لی جائے۔۔۔؟ سردار کی گرج دار آواز نے فضا میں ارتعاش پیدا کیا۔

وہ کس لیے سردار۔۔۔؟

شیر لاکھوں کروڑوں سال سے جنگل پر حکومت کر رہا ہے۔اب کسی اور کو بادشاہ کی مسند پر بٹھایا جائے۔

سردار یہ ظلم نہ ڈھائیں۔۔۔!

اس میں ظلم کی کون سی بات ہے۔

سردار ہم نے انسانوں سے یہ سبق سیکھا ہے۔جب وہ نیا بادشاہ لاتے ہیں تو اکثر پہلے

بادشاہ اور اس کے ساتھیوں کو قتل کر دیتے ہیں۔

تو کیا اسی لیے زمین کا رنگ سرخ ہے۔

جی سردار۔۔۔

لیکن شیر کو کیا حق ہے کہ وہ ہم پر حکومت کرے۔۔۔؟

سردار۔۔۔آپ اس منطق میں نہ پڑیں۔

وہ تو ٹھیک ہے۔اچھا چلو جاؤ۔۔۔اپنا کام کرو، قبریں کھودو۔۔۔!

چرمی دستاویز موجود تھی لیکن وہ اتنی بوسیدہ اور کرم خوردہ ہو چکی تھی کہ اسے کھولنا مشکل تھا۔اس نے ہمت کر کے اسے اٹھایا۔ چرمی جلد پر جو نقشہ کھدا ہوا تھا اس میں سرخ لکیریں روشن تھیں۔۔۔!

تو کیا یہ ساری قبریں میرے لیے کھودی جا رہی ہیں۔۔۔؟

مجھے کسی اور جزیرے پر نقل مکانی کر لینا چاہیے۔

بوسیدہ اور کرم خوردہ کتاب کے ایک ورق کو اس نے الٹا۔

ساری صدیاں الٹی لٹکی ہوئی تھیں۔اسے الجھن نے آن گھیرا۔ یہ صدیوں کو کس نے وقت کی سولی پر الٹا لٹکا دیا ہے۔

اُلٹی لٹکتی صدیوں کی تاریخ پڑھنا اتنا آسان نہ تھا۔اس نے چند لاشیں گھسیٹ کر ایک طرف کیں اور اپنے بیٹھنے کی جگہ بنائی اور تاریخ میں سے وہ منظر تلاش کرنے لگا جن میں کوئی پگڈنڈی سرخ رنگ سے نہ بنائی گئی ہو۔ایسے منظر اسے نظر ضرور آئے لیکن متقابل لکیریں جو سرخ رنگ سے کھینچی گئی تھیں اس بات کا ثبوت تھیں کہ زمین پر ہر صدی میں کوئی نہ کوئی خطہ ایسا تھا جہاں خون کا کھیل کھیلا جاتا رہا، اسے اپنی پہچان ہو جاتی تو پھر وہ سارے ٹکڑے ملا کر کوئی نتیجہ نکال لیتا۔ وہ خود بھی تو اپنی پہچان کھو بیٹھا تھا۔ایک تازہ لہو سے تر بتر صفحہ اس نے کھولا۔۔۔

خون اتنا تھا کہ صدی کو وہ پہچان نہ پایا۔

صفحے کی ہیئت ہی عجیب سی تھی۔اس پر جو تصویریں نمایاں تھیں ان میں ایک انسان قینچی سے درختوں کے سبز پتے کاٹتا چلا جا رہا تھا۔آکسیجن کی کمی سے اس کا دم گھٹنے لگا' لیکن وہ تصاویر کو غور سے دیکھتا رہا۔لوگ بارود بیچتے پھر رہے تھے۔بازاروں میں بارود کی دکانیں سجی تھیں۔ایسے ایسے ہتھیار رکھے تھے کہ وہ مبہوت کھڑا انہیں دیکھتا رہا۔بازار کے آخری سرے پر جب وہ پہنچا تو سامنے تا حدِ نظر میدان تھا۔میدان میں لاکھوں جہاز کھڑے تھے جیسے بچوں کے کھلونوں کی دکان سجائی گئی ہو۔

اس نے فیصلہ کیا کہ کیوں نہ اس شہرِ بارود میں گھوم کے دیکھا جائے۔ایسا بارود جو زمین سے آکسیجن کھینچ لے۔سانس لینے والے مر جائیں لیکن سامان کا نقصان نہ ہو۔۔۔وہ چلتا رہا۔۔۔ایک عجیب الخلقت مخلوق جو انسان ہرگز نہ تھے اسے ایک سمت جاتے دکھائی دیے۔وہ ان کے پیچھے چلتا رہا۔جانے انہوں نے کتنا سفر طے کیا جب وہ سمندر کنارے پہنچے تو اپنے جیسی مخلوق سے ہاتھ ملایا اور سمندر میں اتر گئے۔سمندر کے سینے پر اس نے دیکھا لوہے کا طویل تختہ بچھا تھا اور اس تختے پر سیکڑوں جنگی جہاز کھڑے تھے۔اس نے سمندر میں پاؤں رکھا، پانی نے اسے رستہ دیا، پانی میں تا حد نظر بارودی جہاز اور وہی مخلوق بارود سے لیس گھوم رہی تھی۔۔۔

لگتا تھا خشکی اور تری پر صرف انہی کی حکومت ہے

جنبش مکن۔۔۔کسی نے اسے آواز دی

زمین نے اُس کے پاؤں پکڑ لیے

یہ ہم ہیں۔۔۔کمزور اقوام کی لاشوں سے ناشتہ ہمارا مرغوب مشغلہ ہے

اس نے سوال کیا

اتنے جہاز۔۔۔؟اتنا بارود۔۔۔؟

تمھیں یہ حق کس نے دیا ہے کہ ہم سے سوال کرو۔۔۔؟

لاکھوں لوگوں پر بارود برسا کرانہیں موت کی نیند سلا دیتے ہو۔کیا یہ ظلم نہیں ہے۔۔۔؟

ہاہاہاہا۔۔۔ظلم۔ہم انصاف قائم کرتے ہیں تاکہ زمین پر امن ہو

یہ کیسا امن ہے۔۔۔؟

اب زمین پر' پانی ہو کہ خشکی' دریا ہوں کہ پہاڑ صرف ہمارا سِکّہ چلتا ہے۔۔۔

تمہارے سِکّوں کا رنگ سرخ ہے

یہ کون گستاخ ہے۔۔۔؟

اسی زمین کی باقیات سے ہے۔۔۔

ہم نے چپے چپے پر بارود بچھا دیا ہے۔۔۔؟

غلطی سے ایک خطہ رہ گیا ہے

ایک لاکھ جہاز جو بغیر پائلٹ کے پرواز کرتے ہیں فوری روانہ کر دیے جائیں۔

ساری صدیاں الٹی لٹکی ہوئی تھیں۔

اس نے کتاب ایک طرف پھینکی اور گھٹنوں میں سر دے کر بیٹھ گیا۔ایسی خون آشام کتاب۔۔۔؟

اس نے بارِدگر اپنے اردگرد ہیولے دیکھے۔یہ ان ہیولوں سے مختلف تھے جو اس نے غلام گردش سے گزرتے دیکھے تھے۔

ہم سیاہ فام ہیں۔تم نے ہمارا ورق تو پلٹ کے دیکھا ہوتا کہ ہم پر کیسے کیسے ستم ڈھائے گئے۔ہم۔۔۔ہمارا کوئی نام نہیں۔۔۔جو ہم پہ گزری کیا چشمِ فلک نے ایسا نظارہ دیکھا ہو گا کبھی

نہیں۔۔۔!

ہیولوں میں ایسے بھی تھے جن کے وجود ہڈیوں کا پنجر تھے۔ہم نے اہرامِ مصر تعمیر کیے ہیں۔ہماری کمریں ادھڑ گئی ہیں۔

ہمارا قصور صرف اتنا تھا کہ ہماری زمینوں میں تیل کی نہریں بہتی تھیں۔اب دُور تک دیکھو صرف خون کی نہریں بہتی ہیں۔ایک بوڑھے شخص نے عبا سمیٹتے ہوئے کہا۔۔۔!

وہ اپنی آرام گاہ سے نکل آیا۔۔۔

جنبش مکن۔۔۔ہوشیار باش۔۔۔نگاہ روبرو۔۔۔!

شہنشاہِ معظم تشریف لاتے ہیں۔۔۔!

وہ زمین کی سرحد سے نکل جانا چاہتا تھا۔

جنبش مکن کی آواز اس کی یادداشت پر دستک دے رہی تھی۔اس کے حواس پلٹ رہے تھے۔۔۔اسے وہ لمحہ یاد آیا جب زمین کے کنارے پر کھڑے ہو کر اس نے زمین پر حکومت کرنے کا خواب دیکھا تھا۔انسانوں کو محکوم بنانے کے لیے اس نے اپنی صدیوں کی ایجادات پر ایک نظر ڈالی۔اس نے اپنے ہی ہاتھوں زمین کا رنگ بدل ڈالا تھا۔اب کہیں کوئی متنفس نہ تھا جس پر وہ حکومت کرتا۔

وہ اپنے آپ کو پکارتا پھر رہا تھا۔۔۔

جنبش مکن۔۔۔ہوشیار باش۔۔۔نگاہ روبرو۔۔۔!

شہنشاہِ معظم تشریف لاتے ہیں۔۔۔!

☆☆☆

کنواں، کٹورا اور کوّا

کنویں کی منڈیر پر اس نے کٹورا دھرا اور حوض میں گرتے پانی سے اپنا گھڑا بھرا۔ چند لمحے قبل وہ یہیں موجود تھی میں نے اُسے خود اپنی آنکھوں سے دیکھا ہے، جب وہ پہلو سے گھڑا الگ کر کے کٹورا کنویں کی منڈیر پر رکھ رہی تھی۔ میں نے اُسے پہچان لیا تھا۔ نحیف ہونے کے باوجود اس کے چہرے کی اُبھری ہڈیوں سے جوانی جھلک مار رہی تھی۔ گاؤں والے دیکھ رہے تھے کہ وہ کئی روز سے خاموش ہے، گم سم، جیسے کچھ گنوا بیٹھی ہو لیکن اس کی خاموشی ایسی معنی خیز نہ تھی کہ اس پر توجہ مرکوز کی جاتی۔ توجہ کے لیے اس کی جوانی تھی جس پر سب نظر رکھتے تھے چارہ کاٹتے ہوئے، جانوروں کی چرنی میں چارہ ڈالنے کے دوران، نل سے پانی لانے کے اوقات میں، نظروں میں تو وہ

روزانہ تلتی تھی اور یہ پنجاب کے دیہات میں سایدصدیوں سے کلچر کا حصہ ہو چلا تھا۔ وہ برا نہیں مانتی تھی۔ بظاہر اس کی توجہ کا مرکز کوئی نہیں تھا لیکن ہر گھر کی منڈیر پر چہ مگوئیاں رکھی تھیں جن کی بھنبھناہٹ میں اس کا کردار مشکوک تھا۔ وہ خوبصورت ہرگز نہیں لیکن کہنے والے کہتے ہیں اس کی چال اور آواز میں جادو ہے جو پاگل کر دیتا ہے اس کی روبہ زوال صحت اس کے وجود کو بے نقاب کرتی چلی جارہی تھی۔ کہا ہے نا ابھی وہ ہیں تھی لیکن اب وہ دور دور تک نظر نہیں آرہی۔ کیا اُسے کوئی بھگا لے گیا۔ کیا اُونچی فصل میں کسی نے اُس کی عزت کاٹ کے پھینک دی؟ نہیں ایسی کوئی ات نہیں وہ بڑے گٹھے ہوئے بدن کی مضبوط اعصاب والی ایک ایسی عورت کی بیٹی ہے جس نے اُسے وڈیروں میں رہ کر جینے کے گُر سکھائے ہیں۔

گھڑا کنویں کی منڈیر پر دھرا ہے اس میں پانی رس رہا ہے۔ خالی کٹورے میں ایک کوا جھانک رہا ہے شاید وہ کچے کھال کے ساتھ کہیں دور نکل گئی ہے اور واپسی کا رستہ بھول گئی ہے۔ عجیب اُلجھی ہوئی کہانی ہے۔ اس کہانی کے سارے کردار کہیں نکل گئے ہیں۔ میں اب کنویں کی منڈیر، گھڑے اور کوے کے ساتھ کہانی کا تانا بانا کیسے بنوں۔۔۔

اس کہانی کا دوسرا کردار کوا ہے۔۔۔ نہیں نہیں کوا نہیں، کوے کی عمر تو پانچ سو سال بتائی جاتی ہے۔ ایک وڈیرے کا کردار ہے۔۔۔ جس کا من کوے کے رنگ ایسا ہے۔ شاید میں یہی کہنا چاہ رہا ہوں آپ میری بات سمجھ رہے ہیں نا۔۔۔ ایک نوجوان جو کٹورے والی سے قبل یہاں موجود تھا۔ وڈیرہ تھا نہیں نہیں وڈیرے کا بیٹا تھا شاید وہ اس کا بیٹا نہیں تھا۔ اس نسل کا تسلسل تھا جس کا کوئی نام نہیں۔ اس کے چہرے پر وحشت رینگ رہی تھی۔ اس کی شکل دیکھ کر خوف میرے وجود میں لرزنے لگا۔ شیو بڑھی ہوئی، ناخن اور ہاتھ میل سے اٹے ہوئے، بال بے ترتیب گرد آلود جیسے گھونسلا اور وہ بھی برباد۔۔۔ اس نے میرے کندھے پر ہاتھ رکھا۔

میری کہانی لکھو۔۔۔لکھو گے کیا۔۔۔؟

نہیں۔۔۔

کیوں۔۔۔؟

بہت سی باتوں کا جواب نہیں ہوتا۔

لیکن تم لکھو۔۔۔ میں مرنے والا ہوں۔۔۔ مرنے سے پہلے مجھے میرا اعمال نامہ لکھ دو

اعمال نامہ لکھنے والے تو پہلے ہی موجود ہیں۔

تم اپنے حصے کا لکھو۔۔۔ مجھے غور سے دیکھو، میں نے اپنی تعلیم برباد کی، جوانی، صحت، خاندانی وقار۔۔۔تم لکھو۔۔۔

یہ کوئی نیا حصہ نہیں۔۔۔ایسی ہزاروں کہانیاں بکھری پڑی ہیں۔

میری اس سے کوئی ایسی راہ راسم نہ تھی۔ اس کے خاندانی پس نظر کا ذکر بھی عبث ہے وہ کولہو کا بیل ہے۔ کولہو کے بیل کا کوئی رنگ نہیں ہوتا۔ وہ صرف گھومتا ہے سیدھے سبھاؤ بات اتنی سی ہے یہ ایک محبت کی کتھا ہے۔ محبت بھی جسمانی خدوخال کی۔۔۔لیکن میں آپ کو کیسے سمجھاؤں کسی کو سمجھانا اتنا آسان ہے کیا۔ گاؤں میں جو خبر گردش میں تھی وہ اتنی سی تھی کہ وہ اپنے مزارع کی بیٹی کے عشق میں حواس کھو بیٹھا ہے۔ گاؤں کا موچی روزانہ تازہ خبر نامہ نشر کرتا۔ زیب داستاں کے لیے وہ واقعات میں کتنا مصالحہ ڈالتا کسی کو اس سے غرض نہ تھی وہ چھ بچوں کا باپ تھا، شادی کے آٹھ سال اور چھ بچے۔۔۔!

کب کہاں اور کیسے وہ مزارع کی بیٹی کے بدن کے کنویں میں جا گرا، کسی کو تاریخ کو معلوم نہیں تھی لیکن راوی کا کہنا ہے جب وہ بدن کے کنویں میں گرا تھا گرتے ہی وہ مفلوج ہو گیا۔ سارا گاؤں اُسے کنویں سے نکالنے کی تدبیریں کر رہا تھا ہر سو شور بپا تھا۔ کوئی رسہ لے کر بھاگا بہت سے

لوگ کنویں میں جھانک کر رہے تھے شاید وہ سارے اس کنویں میں مفلوج پڑے تھے یا وہ اک شخص؟ رسہ لانے میں دیر ہوگئی اور اُس کی سانس اکھڑنے لگی۔ رسہ لانے والے کہیں راستے میں ہی کھو گئے۔ شاید انہیں اور کوئی ضروری کام یاد آ گیا ہو۔ چہ مگوئیاں گھر کی منڈیروں سے اُتر کر گلیوں میں گھومنے لگیں، موسم گرد آلود ہوگیا۔ سب گرد میں چھپ گئے۔ کسی کو یاد نہیں آ رہا تھا کہ کنویں کی منڈیر پر ایک گھڑا رکھا ہے جس سے پانی رس رہا ہے اور وہ عورت۔۔۔ وہ لڑکی۔۔۔ نہیں وہ عورت تھی وہ منکوحہ تھی۔ کتنی راتیں اس نے کہاں گزاریں کوئی عینی شاہد نہیں تھا۔ دو کردار تھے ایک اس کا شوہر جس کی وہ منکوحہ تھی لیکن ابھی رُخصتی نہ ہو پائی تھی اور دوسرا وہ جو اس کے بدن کے کنویں میں گر کر ہاتھ پاؤں تڑوا کر وہیں پر رہا۔ اس نے اس لاش کو گھسیٹ کر باہر پھینکنے کی کوشش کی لیکن ناتوانی آڑے آئی۔ اس نے سوچا کیا کروں؟ اسے بدن میں پڑا رہنے دوں اور وہ جو باہر کھڑا میرے بدن پر دستک دے رہا ہے۔۔۔ کیا اُسے بھی گھسیٹ لوں۔۔۔!''

جیسا کہ میں نے کہا تاریخ معلوم نہیں کہ اُس نے حواس کب کھوئے شاید اُسی روز جب وہ اُس عورت کے کنوارے بدن کی دیوار پھاند کر کنویں میں گرا اور پھر اُسی کنویں کے گدلے اور متعفن پانی میں زندگی گھسیٹنے لگا کیا وہ پاگل تھا، یا پاگل پن کی اداکاری کر رہا تھا۔۔۔؟ یہ فیصلہ اتنا آسان نہیں۔۔۔ گاؤں میں راہ گیروں سے التجا کرتا۔

مجھے اپنے مزارع کی بیٹی لے دو، میرا نکاح کر دو نہیں تو میں مر جاؤں گا۔ وہ ایک تماشائی بن کر رہ گیا اس کی بیوی اُسے گھر میں باندھ رکھنے کی اپنی سی سعی کرتی لیکن بے کار۔۔۔!''

کہا ہے نا۔۔۔ وہ عورت کچے کھال کے ساتھ کہیں دور نکل گئی ہے۔ کیا کسی وڈیرے نے اُسے منظر سے غائب کر دیا ہے کیوں اُس کچے گھر میں جہاں وہ رہتی تھی اب رات میں صرف کتوں کے بھونکنے کی آوازیں سنائی دیتی ہیں۔

موچی شام کے بعد خبر نامہ اپنی زبان کے ساتھ گانٹھ کر نکلتا ہے، جب تک آخری گانٹھ نہ کھلے اس کی زبان کی خارش اُسے بے چین رکھتی ہے۔۔۔اس روز بھی شام سے پہلے وہ کسی کام سے نکلا۔کنویں کی منڈیر پر کٹورا دھرا تھا اور گھڑے سے پانی رس رہا تھا۔۔۔موچی نے کنویں میں جھانکا اور اُسے آواز دی پھر ایک رسہ پھینک کر کسی نہ کسی طرح اُسے کنارے تک کھینچا۔۔۔!

یہ تم کانپ کیوں رہے ہو۔۔۔؟

''گولی۔۔۔گولی۔۔۔مار دے گا وہ مجھے!''

''کون؟''

وہی جو ایک بار میرے گھر آیا تھا،موٹے جثے والا۔

اس کی سانس پھولی ہوئی تھی، بال بے ترتیب آنکھوں کے پپوٹے سوجے ہوئے، شیو بڑھی ہوئی، گردن پر میل تہہ در تہہ، ہونٹ پھڑ کتے اور لعاب سے لتھڑے ہوئے۔وہ کنویں کی منڈیر پر بیٹھا چہار اطراف بٹر بٹر تک رہا تھا جیسے یہ کوئی نئی دُنیا ہے۔

موچی نے کٹورے میں پانی ڈال کر اُسے پکڑایا تو وہ چیخا۔

یہ وہی کٹورا ہے، وہی جب ہم بدن بدن کھیلتے تھک جاتے تھے تو وہ مجھے اس میں دودھ پلاتی تھی۔

موچی نے اپنے کاندھے پر رکھی چادر کو گیلا کیا، پہلے اس کا منہ پونچھا، پھر چہرہ، ہاتھوں پر کنویں کی سیلن اور کائی جمی تھی۔

تم میری ایک بات غور سے سنو۔۔۔

سنوں گا۔۔۔سنوں سنوں گا۔۔۔لیکن تم مجھے کٹورے والی لے دو میں اُس کے بغیر نہیں جی سکتا، وہ میری جند جان ہے۔

ہاں ہاں۔۔۔غم نہ کھا لے دوں گا، تیری اماں سے بات کروں گا ہمت تو نہیں پڑتی لیکن کوئی راستہ نکالوں گا بات کرے گا لیکن ایک بات تم سچ سچ بتاؤ کیا تم واقعی پاگل ہو، یا پاگل پن کی اداکاری کر رہے ہو۔

میں تو بالکل ٹھیک ہوں۔

یہ بتاؤ موتے جبّے والا شخص کون ہے؟

اس نے کہا تھا، میں تمہیں گولی مار دوں گا، پنڈلی میں گولی۔۔۔میں چھ مہینے سے جاگ رہا ہوں، سو نہیں سکا۔۔۔وہ رونے لگا۔

رونا چھوڑو۔۔۔حوصلہ کرو یہ یاد کرو وہ تمہیں کیوں گولی مارنا چاہتا تھا۔

اس نے ہماری تصویریں چوری کر لی تھیں۔

کون سی تصویریں۔۔۔؟

''کٹورے والی کے ساتھ کھنچوائی تھیں میں نے۔۔۔ایک روز وہ تصویریں چوری کر لے گیا اور دھمکی دی۔۔۔اوہ۔۔۔کٹورا کہاں گیا۔۔۔میرا کٹورہ!''

کٹورا کہیں نہیں گیا تم بات مکمل کرو۔

میری پنڈلی میں گولی کا نشاں ہے یہ دیکھو۔۔۔اس نے پنڈلی سے شلوار سرکائی۔

ہاں ہاں گولی کا نشاں ہے۔

تم غم نہ کرو۔ موٹے جبّے والا مجھ سے دبتا ہے۔ میں اُسے سنبھال لوں گا تم قصبے میں تماشا بن کے رہ گئے ہو۔۔۔اپنے بچوں کا خیال کرو۔۔۔کچھ تو سوچو، تمہیں اپنی بیوی کا بھی خیال نہیں۔۔۔سب عورتیں ایک جیسی ہوتی ہیں۔

نہیں نہیں۔۔۔اوں ہوں۔۔۔بالکل نہیں۔ کٹورے والی نمکین ہے اس کا ذائقہ کرارا

ہے موچی سر، پیٹ کر رہ گیا۔

میں تم سے وعدہ کرتا ہوں کٹورے والی تجھے مل جائے گی لیکن اداکاری کرنا چھوڑ دے۔

''میں اداکار نہیں ہوں۔۔۔وہ سلطان راہی اور مصطفی قریشی ہیں۔۔۔آہاہاہا۔۔۔!''

چاچا موچی۔۔۔تو نے کٹورے والی دیکھی ہے نا۔۔۔بالکل اداکارہ صائمہ اور انجمن کی طرح ہے!'' یہ لما قد، موٹی اکھ، سوہنڑے رس بھرے ہونٹ!''

اوئے صائمہ کے مامے ایک جھانپڑ دوں گا۔میری بات کا جواب دے۔

چاچا۔۔۔تو پکا وعدہ کر۔۔۔لے دے گا۔

وہ کنویں کی منڈیر سے اُتر کر چاچے کے قدموں میں آ بیٹھا۔

''دیکھ پتر اس چکر سے باہر نکل آیا۔کتنی زندگیاں برباد ہو رہی ہیں اک تیری وجہ سے۔۔۔!''

چاچا۔۔۔میری کوئی زندگی نہیں ہے، جو باپ دادا نے بویا وہ کاٹ رہا ہوں۔

وہ سرکتے سرکے بل واپس کنویں میں جا گرا۔

موچی نے کنویں میں جھانکا تو خوف سے خون اس کی رگوں میں منجمد ہو گیا۔

اس نے اپنے آپ کو ٹٹولا وہ تھر تھر کانپ رہا تھا۔کنویں کی منڈیر پر کٹورا دھرا تھا، گھڑے سے پانی رس رہا تھا۔۔۔

موچی کو ہوش آیا تو وہ سیلن زدہ کنویں میں پڑا گدلی مٹی چاٹ رہا تھا۔

☆☆☆

کاغذ کی راکھ

''بیٹا۔۔۔! پہچان لیا ہے نا مجھے۔۔۔؟''

''جی انکل؟ بالکل پہچان لیا ہے۔ آپ میرے والد بزرگوار کے دوست ہیں۔''

''بیٹا۔۔۔دوست نہیں ہمدمِ دیرینہ۔''

''انکل! آپ کو میرا نمبر کہاں سے ملا؟''

''بیٹا ڈھونڈنے سے اللہ بھی مل جاتا ہے۔''

''انکل! کیسی گزر رہی ہے؟''

''بیٹا عمر ستّر برس سے متجاوز ہے کیسی گزرنی ہے۔ آج میں تمہارے ساتھ بہت سی باتیں کرنا چاہتا ہوں۔۔۔جی بھر کے۔۔۔بس میں بولتا رہوں تم سنتے رہو۔۔۔لیکن کیا تمہارے پاس

میری لایعنی گفتگو کے لیے اتنا وقت ہوگا؟''

''انکل! یہ بھی کوئی کہنے والی بات ہے۔''

''بیٹا! میں نے ایک ٹیلی فون کارڈ لیا ہے۔ اِس میں گفتگو کا دورانیہ ایک گھنٹہ بیس منٹ ہے۔ یہ سارا وقت بس تم سے بات کرنا ہے!''

''انکل! آپ باتیں کیجیے۔۔۔بے دھڑک۔۔۔''

''بیٹا! ہم۔۔۔عمر کے اس حصے میں داخل ہو چکے ہیں جہاں صرف سناٹے ہمارا مقدر ہوتے ہیں۔ جسمانی اعضا کی مانند دوست رشتہ دار بھی ساتھ چھوڑ جاتے ہیں۔ ہم عضوِ معطل کہاں جا بسیرا کریں؟ اس دھرتی پر ابھی اتنے ادارے بھی تو نہیں کُھلے جہاں ہمیں پھینک دیا جائے لیکن پھینک دینے سے یادیں تو نہیں مرتیں۔ اِنسان کہیں بھی رہ لے یہ ساری عمر پیچھا کرتی ہیں۔ مَیں مرنا چاہتا ہوں۔۔۔ موت کو پکارتا ہوں لیکن موت کہیں اور بہت مصروف ہے۔ ایک بوڑھے شخص کے لیے اس کے پاس وقت نہیں ہے۔ بیٹا تم اُکتا تو نہیں گئے نا۔۔۔؟''

''انکل! میں ہمہ تن گوش ہوں۔''

''بیٹا۔۔۔! میرا ایک عجیب وغریب مسئلہ ہے کیسے کہوں مجھے کیسی اُلجھن نے گرفتار کر رکھا ہے۔ اُلجھن بھی دیمک ایسی جو میرے وجود کو کھوکھلا کیے دے رہی ہے۔ ہم سن رسیدہ لوگوں کا ایک مسئلہ یہ بھی ہے کہ ہمیں کوئی سننے والا نہیں ہوتا۔ کوئی مل جائے تو ہم اصل موضوع سے ہٹ کر اِدھر اُدھر کی باتیں لے بیٹھتے ہیں اور سامع اُکتا جاتا ہے۔ مجھے تمہاری مصروفیات کا اندازہ ہے لیکن یقین بھی ہے تم میرے مرحوم دوست کے لختِ جگر ہو میری باتیں سن لوگے۔''

''انکل! میں نے ٹیلی ویژن بند کر دیا ہے، کمرے کا دروازہ بھیڑ لیا ہے۔ آپ شرمسار نہ کریں مجھے اس لمحے ضروری کام صرف آپ سے باتیں بانٹنا ہے۔ انکل آپ تنہائی کا ذکر کر رہے

تھے۔''

''بیٹا! تنہائی تو من کی پھانس ہے مجھے جو مسئلہ اندر سے سنگسار کر رہا ہے۔ میں وہ تم سے ڈسکس کرنا چاہتا ہوں۔ شاید تم کوئی راستہ نکال پاؤ۔ جب تک تمہاری چچی زندہ تھی وہ خوش بخت ہر بات سُن لینے کی عادی ہوگئی تھی۔ غم بٹ جاتا تھا جانے اسے جانے کی اتنی جلدی کیوں تھی؟ کچھ دِن رُک گئی ہوتی، میرے بعد رختِ سفر باندھ لیتی لیکن یہ اُس کے بس کا روگ کہاں تھا بھلا۔۔۔ آہ۔۔۔ میں کتنا اکیلا ہو گیا ہوں۔''

''انکل۔۔۔ میں ہوں نا۔۔۔ آپ کا بیٹا۔۔۔ آپ اپنا درد مجھے دے ڈالیے۔''

''بیٹا! یہ اُن دِنوں کی بات ہے جب میں کالج میں لیکچرر تھا۔ تنخواہ محدود تھی اور اخراجات۔۔۔ بس کیا کہوں؟'' یہ مہنگائی بھی ہر دور میں اپنے مخصوص زاویوں کے ساتھ عفریت بنی پھرتی رہتی ہے۔ عوام اس کے چنگل سے کبھی آزاد نہیں ہوتے۔ گھر بنانے اور سنوارنے کی دُھن میں مَیں قرضہ لینے لگا۔۔۔ دیکھتے دیکھتے پچاس ساٹھ ہزار کا مقروض ہو گیا اور نیند۔۔۔ ہاں بیٹا! نیند خود بھی برباد ہوئی مجھے بھی برباد کر گئی۔ گھر قرض سے چل گیا بن اور سنور گیا لیکن دوسرے دروازے سے سکون نکل گیا۔ میں ننگے پاؤں سکون کے پیچھے بھاگا لیکن بھاگتے بھاگتے ہانپ گیا۔ منہ کے بل گرا، سکون نظروں سے اوجھل ہو چکا تھا۔۔۔

''بیٹا۔۔۔! میں ایک گلاس پانی پی لوں؟''

''جی انکل۔۔۔!''

بیٹا۔۔۔! یہ ایک اتوار کے روز کی بات ہے، اتوار ہاں، ہاں بیٹا! اتوار کا دِن تھا چھٹی کا دِن، میں گھر پر تھا۔ ناشتہ کرنے کے بعد اپنی چھوٹی سی بیٹھک میں بیٹھا امتحانی پرچوں کے نمبر لگا رہا تھا۔ دروازے پر دستک ہوئی، باہر نکل کر دیکھا تو ایک نوجوان کھڑا تھا۔ وہ مجھ ہی سے ملنے کو آیا

تھا۔ میں نے اسے بیٹھک میں بٹھایا، چائے پلائی، آمد کا مدعا پوچھا، وہ ایک دور دراز شہر سے آیا تھا۔اس کا پرچہ میرے پاس تھا اور وہ گڑگڑا رہا تھا۔

''سر! یہ میرا آخری چانس ہے۔آپ مہربانی کیجیے۔میری زندگی سنور جائے گی۔''

میں کشمکش میں گرفتار تھا۔ اس کا چہرہ دیکھ کر مجھے اس پر ترس آ گیا۔ پرچہ نکال کر دیکھا تو اسے پاس ہونے کے لیے صرف پانچ نمبر درکار تھے۔ اتفاقاً پرچے کے جس صفحے پر اس نے آخری سوال حل کیا تھا۔اس کا مقابل صفحہ کراس نہیں تھا۔ میں نے اسے ایک سوال حل کرنے کو کہا اور پاس کر دیا۔اس کی آنکھوں میں تشکر کے آنسو تھے۔ جب وہ رُخصت ہونے لگا تو اس نے میز پر ایک ہزار روپے کا نوٹ رکھا۔

غصے سے میری کنپٹیاں تڑخنے لگیں۔ میں نے بمشکل اعصاب پر قابو پایا اور کہا:

''بیٹا۔۔۔یہ اُٹھالو۔۔۔میرے رزق میں حرام کی آمیزش نہیں ہے۔''

لیکن وہ تیر کی مانند کمرے سے نکل چکا تھا۔ میرا جی چاہا اُسے فیل کر دوں۔ میں پسینے میں تر بتر تھا۔ ہزار روپے کا نوٹ میز پر سے اُڑ کر پنکھے کے پروں سے چمٹ گیا، پورے گھر میں گھومنے لگا،صحن، برآمدہ، پھولوں کی کیاریاں، گملے، کچن اور گیلری۔۔۔نوٹ میں سے آگ کی لَپٹیں نکل رہی تھیں اور وہ گھوم رہا تھا۔ میرے من میں حلال حرام کی جنگ سوا نیزے پر تھی۔کوئی گہرے کنویں سے بولا۔

''پروفیسر! تم نے اس رقم کی Demand نہیں کی۔''

''لیکن ہے تو رشوت نا۔۔۔!''

''لیکن تم نے۔۔۔تم نے۔۔۔تم نے۔۔۔'' کنپٹیوں پر درد کی دستک بڑھتی چلی گئی۔

''نہیں۔۔۔نہیں۔۔۔بالکل نہیں۔۔۔''

''پروفیسر گھر آئی دولت نہ ٹھکراؤ۔۔۔مقروض ہو تم۔۔۔قرض اُتارو۔''

جانے کتنے گھنٹے بیت گئے۔ جنگ کب سرد ہوئی مجھے یاد نہیں۔ نوٹ میری واسکٹ کی جیب میں جا چکا تھا۔

''بیٹا۔۔۔! تم سُن رہے ہو نا!''

''جی انکل۔۔۔!''

''بس بیٹا! اس دن سے نوٹوں نے میری بیٹھک کا دروازہ دیکھ لیا۔ چند برسوں میں اُدھار اُتر گیا لیکن بیماری اور پریشانیاں گھر کی دیواروں پر چڑھ آئیں، آنگن سے اُتر کر ہمارے وجود سے چمٹے اور یہیں کے ہو رہے۔''

''بیٹا۔۔۔! وہ سارے طالبِ علم مجھے سونے نہیں دیتے، آنکھوں میں انگارے بھر گئے ہیں۔ میں ایک ایک Student کو جا کے یہ رقم لوٹانا چاہتا ہوں لیکن انہیں کہاں تلاش کروں؟ بیٹا تم ہی کوئی راستہ نکالو۔۔۔''

''انکل۔۔۔! بس ایک منٹ مجھے سوچنے دیجیے۔۔۔''

''بیٹا۔۔۔! فون بند نہیں کرنا۔''

''انکل۔۔۔! آپ ایسا کیجیے یہ رقم ان تمام Students کے نام پر صدقہ کر دیجیے اور اللہ سے گڑگڑا کر معافی مانگ لیجیے۔ اس کی رحمت اس کے غضب سے پہلے ہے۔۔۔ آپ کا گم شدہ سکون خود بخود لوٹ آئے گا۔''

''بیٹا۔۔۔! اللہ کریم تمہاری عمر دراز کرے۔ میرے سینے سے بوجھ اُتر گیا ہے۔''

فون بند ہو گیا۔۔۔

میں نے آنکھیں موند کر اپنے والدِ محترم کے دوست کا دُکھ اپنے اندر اُترتا محسوس کیا۔

میرے سامنے پیپرز رکھے تھے اور پیپر ویٹ کے نیچے پانچ ہزار روپے کا نوٹ!

میں نے غور سے دیکھا میرا پورا گھر راکھ ہو چکا تھا۔

☆☆☆

منتخب عصری افسانوں کا ایک اور مجموعہ

لالٹین جلتی رہے

مصنف : محمد حامد سراج

بین الاقوامی ایڈیشن جلد منظر عام پر آرہا ہے